それでも恋はやめられない

Arisa & Reijiro

小日向江麻

Ema Kobinata

EB
エタニティ文庫

目次

それでも恋はやめられない

プロローグ

さっき読んでいた小説に、失恋はほろ苦いチョコレートの味だと書いてあった。

その一文に納得がいかず、本を閉じ、ベッドの横にある今にも崩れそうな文庫本の塔のてっぺんに乗せた。――もう読まない。そういう意志をこめて。

ほろ苦いどころの騒ぎじゃないのだ。失恋とは、悲しくて辛くて、消えてなくなってしまいたくなるような絶望を伴う。

言うなればこの世の終わりだ。

百歩譲《ゆず》って、ほろ苦チョコだとしよう。けれど、それは本当の恋じゃない。

大好きな人からの愛情を失ってなお「ほろ」苦いなんて言っていられるのは、その人のことをそれほど好きではなかったからだ。きっと、尊敬や憧《あこが》れ程度だったのだろう。

『ごめん、有紗《ありさ》』

耳元であの人がささやいた気がした。

申し訳なさそうに、でも自分の決心は鈍らせまいとしている声で。

『ごめん、有紗。本当にごめんな』

すっぽりとシーツを被り、頭の中に響いた彼の声をかき消そうと試みる。けれど、一冊の文庫本が抉《えぐ》った傷口は、まだ全然癒《い》えず、じくじくとしている。

謝るくらいなら、別れの言葉なんて口にしないで欲しかった。

付き合い始めて二年と少し。それまでに別れを予兆するような大きなケンカは一度もなかった。

お互いの誕生日やクリスマス、お正月、バレンタイン、ホワイトデー。イベントごとも大方二周し、それらすべてを一緒に過ごした。

ごく自然な流れで婚約を交わし、これから先もずっとこの人と過ごしていける——そう信じて疑わなかったのに。

『好きな人が出来たんだ。婚約はなかったことにしてほしい』

あの瞬間の衝撃を、私は一生忘れないだろう。

好きな人？　婚約はなかったことに？　一体何を言っているの？

停電が起きたときみたいにふっと明かりが落ちて、目の前が真っ暗になった。

すぐそこまで迫っていた愛する彼との温かな未来が、崩れ落ちていったのだ。

失恋は、かんだ唇からにじむ無機質な鉄の味。

愛した人に裏切られ、ずたずたに打ちのめされた私――藤堂《とうどう》有紗が言うのだから、間違いない。

1

同僚の鷹取直行《たかとりなおゆき》と別れたタイミングは最悪で、社長や同僚に彼との婚約を告げた直後だった。

ウェブページ制作やデザインなどを請け負う小さな事務所。その中で、私たちの破局が伝わるのに時間はかからなかった。仕事はやりがいがあり、辞めたくはなかったけれども、周囲の労《いた》わるような――でも少し好奇の交じった視線に耐えられず、私は逃げるように職場を去ったのだ。

それからの日々は限りなく退屈で、憂鬱《ゆううつ》なものだった。

何もやる気がしない。朝、目覚めてからカーテンを開けるのはおろか、身体を起こすのすら面倒に感じ、夕方までベッドの中で過ごす。そして、気が付いたら一日が終わり、また不毛な明日がやってくる。

もうどうでもいいと思った。これから先何が起きたとしても、直行と過ごしたあのときよりも幸せな時間はやってこないだろう。

彼と婚約していたころは、目に映るもの全てが輝いていた。

そんな朝露に濡れたバラみたいに鮮やかに見えた世界は、あの日を境にモノクローム な色調に変わってしまったのだ。

時折楽しかったころを思い出しては、未だに手放せないでいる婚約指輪を薬指にはめたりした。

ホワイトダイヤの両サイドに小さなピンクダイヤが並ぶ、可愛らしいエンゲージリング。見つめれば見つめるほど、もらったときの嬉しさや感動が昨日のことのようによみがえり、泣けてくる。

もうあのころには戻れないんだと思うと、涙が止まらなかった。

『好きな人が出来たんだ。婚約はなかったことにしてほしい』

イルミネーションの躍《おど》るクリスマスイブの街。おあつらえ向きとばかりに雪がちらつき始め、これからもずっとこうして彼と過ごすんだな——と、ときめきを覚えていたのに。

その気分から一転、私を絶望に突き落とした直行は、今は事務所の後輩である澪《みお》ちゃんと付き合っているという。元同僚が憤《いきどお》りをまじえた口調で教えてくれた。どうやら、直行は二股を掛けていたらしい。

最近売り出し中の清純派女優によく似ている澪ちゃんは、周囲からしっかり者だと言われる私とは全く違うタイプの、甘え上手な女の子。私に懐《なつ》いてくれていた彼女が浮気相手だと知り、尚更ショックだった。

事情を知った上司や同僚たちは、彼らの扱いに苦慮したようだ。その後、直行と澪ちゃんは二人揃って事務所を辞めたらしい。厳しい視線を向けられて、彼らも居づらかったのだろう。

一人娘の結婚を心待ちにしていたうちの両親はカンカンで、「出るところに出ましょう」と息まいていたけれど、私はそれを止《と》めた。心に深いダメージを負っていた私に、直行を責める気力なんて残っていなかった。

——彼は私じゃなく他の女の子を選んだのだ。

これ以上傷を抉《えぐ》るようなことはせず、ただただ放っておいてほしかった。

直行とは結局それっきり会っていない。私は弱り切った心を守るため、他人との接触を避けるようになっていった。

私に足りなかったものとは何なのだろう？　私の何がいけなかったのだろう？

悶々《もんもん》と考え続け部屋に閉じこもる娘を両親は不憫《ふびん》に思ったようで、しばらくの間は傍《ぼう》観《かん》を決め込み、好きにさせてくれた。けれど、退社から二ヶ月近くが過ぎても一向に立ち直る兆《きざ》しを見せないことに、最近は焦り始めているようだ。

先週くらいから、母親が「そろそろ春物の洋服でも買いに行かない？」とか「知り合いのお店でアルバイトを探してるみたいなんだけど」とか、やたらと私を外に連れ出そうとしてくる。

私も一応分別のある大人。まだ二十五でやり直しがきく歳なのはわかっているし、いつまでもこのままではいけないという気持ちもある。他者とかかわることから逃げ、働きもせずに家に引きこもっているなんて絶対に不健全だと。

だけどどうしても気力が湧かなかった。


二月も終わりかけたある日。たっぷりと睡眠をとって起床した私は、ベッドに寝転がったまま手を伸ばし、リモコンでテレビの電源を入れた。

この時間帯は主婦向けのワイドショー番組をやっている。特に興味はないけれど、ボタンを操作して音量を上げた。ひとりで過ごす時間を寂しく思わないようにするためには、ＢＧＭが必要不可欠だ。

テレビから聞こえる、夫に対する愚痴《ぐち》特集とやらを右から左へ流していると、部屋の扉がノックされた。

「ねーちゃん、起きてる？」

末の弟、友也《ともや》だ。

「うん」

その場で短く返事をすると、扉が開く。

「何だ、起きたばっかかよ」

友也は私のパジャマ姿を見るなり、男のくせに綺麗に手入れをしている眉をひそめた。

「下でかーさんが呼んでる」

まただ。母親からの「外に出ましょう攻撃」は、このごろ特に激しい。

断ると悲しい顔をされるから心苦しいのだけれど、気が乗らないものは仕方がない。

「わかった、今行く。……これからバイト？」

「そ。オレたち学生は今が稼ぎドキだから」

大学生の友也は今、春休み中だ。某有名チェーンのコーヒーショップでバイトをしていて、この長期の休みにはシフトを増やしたらしい。かなり忙しそうで、ずっと家にいる私でさえ、最近はあまり顔を合わせない。

「よくそんなにがんばるね」

思わず言った私に、友也はあっさりと、未来を見据えた答えを告げた。

「オレも早くにーちゃんたちみたいにひとり暮らししたいし、そのためには金貯めなきゃ」

私には友也の他に、優也《ゆうや》と幹也《みきや》という弟がいる。彼らは就職を機に関東の片田舎であるこの地元を離れ、優也は東京、幹也は大阪と、それぞれ都会で自活しているのだ。

長男の優也はすでに家庭を持っている。姉の私よりも先に運命の人を見つけるなんて、ねたましい——違った、うらやましいヤツ。

「つーことで、ねーちゃんみたいにグータラしてらんないの。そんじゃ」

傷心の姉に対してその言い方は酷《ひど》くないだろうかと思うけど、デリカシーのない弟三人に囲まれて生きてきたので慣れっこだ。それに、こんな不毛な生活をしていて申し訳ないという気持ちもあって、何も言い返せなかった。

友也が階段を降りていく足音が聞こえなくなったころ、テレビを消してベッドから降りる。

さて今日はどんな誘いが来るのだろう。そして、どうやってやんわりと断ろう。

小さく息を吐いて、母親の待つ階下のリビングへと向かった。


「おはよう、有紗」

リビングの扉を開けると、母が掃除機をかける手を止めた。

「おはよう」

「ご飯食べるでしょ？」

「うん——でも、話って何？」

食事の支度に取りかかろうとキッチンへ向かう母に声を掛ける。

大方の予想はついているけれど――と思った私だったが、母の反応は予期していたものと違っていた。

「そうそう、そうなのよ。有紗に聞いて欲しいことがあるの」

片手を招き猫のようにちょいちょいと曲げながら告げる声は、心なしか弾んでいるようだ。

普段よりテンションが高めなその様子に戸惑いつつ、招かれるままダイニングテーブルに腰を掛けた。

「ねえ、従弟《いとこ》のレイくんのこと、覚えてる？」

「レイくん……」

母の言葉をなぞりながら、ああ、と頷《うなず》く。

「もちろん、覚えてるよ」

レイくん――母の姉のひとり息子である、神村礼二郎《かみむられいじろう》くん。一つ年下の従弟だ。

私が中学生になるくらいに、伯父さん――レイくんのお父さんの転勤で彼らが東京に引っ越すまでは、神村家はご近所さんだった。家同士の交流も多く、私も弟がひとり増えたみたいで楽しかったっけ。

とはいえ、彼とはもう十年以上も会っておらず、母から伝え聞いた近況しか知らない。確か、大学卒業後は東京の会社で営業職に就いたって言っていたような。

「実は今、レイくんの会社が社員さんを募集しているらしいのよ」

「へえ、そうなんだ」

「由香利《ゆかり》にね、有紗が新しい就職先を探しているって言ったら、レイくんにその話が伝わったみたいで。それで、有紗にどうかしらって」

由香利とはレイくんのお母さんの名前だ。

「『どうかしら』って？」

「せっかくだから面接だけでも受けてみない？　何でも、デザイン部門のウェブデザイナーが足りないんですって。有紗は経験者だし、ピッタリでしょう」

私がこの間までデザイン事務所でウェブ専門のデザイナーをしていたので、母はちょうどいいと考えたようだ。

それから母は嬉々《きき》とした表情で、レイくんが働く会社について教えてくれた。そこは、マーケティング事業を根幹《こんかん》としつつ、インターネットでの広告配信やイベントのプロデュースなど、幅広く手掛けているらしい。

「どうって言われても、採用してもらえるかどうか……。それに東京の会社なんでしょ？　うちからじゃ通うのは難しいんじゃないかな」

都心まで電車で二時間かかるので、さすがに毎日通うのは厳しい。

「それでね、お父さんとも話したんだけど……有紗もこれを機に東京で暮らしてみたらどうかなって」

「えっ？」

寝起きで働いていなかった頭が一気に覚醒《かくせい》した。

だってこれまで、弟たちには都会での生活を許しておきながら、私には「家に残って欲しい」と訴え続けていたのは、他の誰でもない、父と母ではないか。

「……私が東京に行くの、嫌がってたのに。急にどうしちゃったの？」

「だって娘を東京に出すのって、親としてはすっごく心配なのよ。ほら、優也や幹也は男の子だからそんなに危ないこともないでしょうけど」

「昔、東京の大学に行きたいって言ったときは反対したじゃない」

かつて私が東京の美大に行かせてくれと頼んだときは、首を縦に振ってくれなかった。一人娘に何かあってはいけない――という親心はありがたく受け取るけれど。

「今だって諸手《もろて》を挙《あ》げて賛成はできないわよ。有紗も社会人になったとはいえ、やっぱりひとり暮らしさせるのは不安だもの。でも、レイくんが『それなら僕が暮らしてる家にどうぞ』って言ってくれたのよ」

「レイくんの家？」

「神村さんの弟さんが今、海外勤務でね。その間、そちらのお家を借りて住んでいるんですって」

なるほど、レイくんは今、レイくんの叔父さんの家に住んでいるってことか。

「部屋も余ってるみたいだし、レイくんと一緒ならお母さんも心強いから。どう、有紗？」

「……どう、って言われても」

困惑するしかなかった。てっきり近所に散歩でも……くらいの誘いかと思いきや、就職口の斡旋《あっせん》をされるとは。しかも、ずっと行きたかった東京の会社だ。

母は、はっきりした反応を見せずにテーブルの木目ばかりを見つめる私に苛立つこともなく、穏やかに言った。

「いきなりだったから、戸惑うのもわかるわ。けどね、そろそろ新しい一歩を踏み出してみてもいいんじゃないかしら」

はっとして顔を上げると、そこには母の優しい微笑み。

「直行くんのことはお母さんも腹が立ったわよ。有紗が辛い想いをしたっていうのは、同じ女としてわかるつもり。でも、いつまでも塞《ふさ》ぎこんでいても仕方ないでしょう」

「…………」

「あなたは長女だから、できればこのまま地元に残っていて欲しいけど……でも、もし有紗が環境を変えて頑張ろうって――ずっと行きたがってた東京で心機一転やり直そうって考えてくれるなら、それもいいのかなって、お父さんと話し合ったの。ま、採用されるかどうかはわからないけどね」

最後は少しふざけた口調で言うと、母は立ち上がり、キッチンへ向かう。

「……ゆっくり考えなさい。わかった？」

その背中を見つめながら、私は「はい」と答えた。


朝食を終えて自分の部屋に戻った私は、ベッドに横になって母の話を思い返す。

『そろそろ新しい一歩を踏み出してみてもいいんじゃないかしら』

私もずっと考えていた。ほぼ一日中この場所で過ごす不毛な日々を、何とか変えたいと。

働くことが嫌いなわけじゃない。というより、むしろ好きだ。外に出るのが苦痛なわけでもない。

直行との別れによってすべての原動力を失ってしまっただけなのだ。

「東京で就職、か……」

ぽつりと声に出してみる。

大学時代には叶わなかった、憧《あこが》れの東京での生活。悪くない響きだ。

もしかしたら、これが転機というものなのかもしれない。

地元で生活していると、直行たちと出くわしてしまう可能性がある。そのとき、彼女だった澪ちゃんは奥さんになり、お母さんになっているかもしれない。

まだ彼への気持ちが完全に吹っ切れていない今、そんな事態は絶対に避けたい。

……それならいっそ、東京に行こうか。

逃げているだけかもしれないし、建設的な動機じゃないかもしれない。でも、それでも構わない。

どうにかしてこの生活を変えなきゃ。このままじゃ私は本当にダメになってしまう。

母の言う通り重い腰を上げて、新しい一歩を踏み出すときなのだ。

地元を離れるのは初めてだから、正直なところ不安もある。けれど、あっちには優也もいるし、それに――

「同じ家にレイくんがいるんだもんね」

そう声に出すと、脳裏《のうり》に幼いレイくんの顔が浮かんだ。

最後に会ったのは、確か彼が中学生になったお祝いのとき。でも、最も私の印象に残っているのは、うちと神村家の交流が一番頻繁《ひんぱん》だった十五年くらい前、つまり彼が小学三、四年生の頃の姿だ。

色素の薄い柔らかな髪に白い肌。小さな顔には、長くてくるっとカールした睫毛《まつげ》とぱっちりした瞳が並んでいた。女の子顔負け、いや、まさにお人形さんのような綺麗な顔立ちだった。

同じ男の子でも、やんちゃでうるさかったわが家の弟たちとは全然違っていた。外で友達と遊ぶよりも部屋でひとり本を読むのを好む、大人しくて人見知りする子だったっけ。だからか、覚えているのはどれも困った顔か、泣きそうな顔ばかり。

それでも私には心を開いていたみたいで、「ありさおねえちゃん」と呼んで、慕《した》ってくれていた。私もそんな彼が可愛くて、女大将よろしくいつも後ろに連れて歩いていたのだ。

彼が他の男の子にいじめられているときは、身体を張って闘《たたか》ったりもしたなあ。四姉弟《よんきょうだい》の一番上っていう責任感がそうさせたんだと思うけど、私もずいぶんおてんばな性格だったんだ。そのころの記憶がよみがえって、つい笑ってしまった。

そんなレイくんももう二十四歳か。彼は一体どんな青年に成長したんだろう。

さすがに今はベソをかいたりしないと思うけど、昔の面影は少なからず残っているだろう。それに、疎遠《そえん》になっている私に自分の勤めている会社の求人を教えてくれたり、部屋の提供を申し出てくれたりしたのだから——今は、思いやりのある心優しい男性になっているのではないだろうか。

親戚とはいえ、もう十年以上会っていない男の子と一緒に暮らすのは少し抵抗があるけれど、歳は優也と変わらないし、弟がもう一人増えたと思えばいい。

私はベッドから出ると、駆け足で階段を降りた。そして、その勢いのまま、キッチンで洗い物をしている母に言った。

「……私、レイくんの会社受けてみる」

◆
◇
◆

採用が決まるまでの過程は、予想に反し実にスムーズだった。

由香利伯母さんを通してレイくんに私の連絡先を伝えると、程なくしてレイくんの会社から電話がきた。その後はトントン拍子にクリエイティブ・デザイン部リーダーとの面接、さらに最終面接と進み、あっという間に四月からの勤務が決まったのだ。

そして三月中旬のとある休日。応募を勧めてくれたお礼と、家の下見をしに、私はレイくんが暮らす世田谷区にやってきた。

駅には大きな複合ショッピング施設が直結していた。そこには生活に必要なあらゆるアイテムが揃っていて、まさに私がイメージする都会そのものだった。

駅から延びる大通りから一本中に入ると、今度は小ぢんまりとした雑貨屋さんやカフェなどが見えてきた。もちろんお洒落《しゃれ》で洗練された雰囲気ではあるけれど、派手派手しくない感じが、都会に慣れない私を安心させてくれる。

その先は閑静《かんせい》な住宅街だ。通りかかった公園は緑に溢れ、ベビーカーを押すお母さんたちがニコニコ顔でおしゃべりをしていた。

にぎやかな駅前に穏やかな居住区。暮らしやすそうな場所で、とてもありがたい。

「そろそろレイくんの家が見えてくるはずなんだけど……」

公園から聞こえてくる笑い声を背に、周囲を見回す。

芸能人や著名人が住むような豪邸が建ち並ぶ通り。私の実家の周りでは絶対にお目に掛かれない、やたら窓が大きい家や、門に石造りのアーチが付いている家などがあり、実に新鮮だ。

本当にこの近辺で合っているのか自信がなくなってきて、ナビ代わりにしているスマートフォンで何度も確認してしまった。

……うん。教えられた住所だと、この辺で間違いない。

こんな高級住宅街に家を持っていながら海外勤務なんて、もったいないなあと思う。何でも、レイくんの叔父さんは某日系自動車メーカーのインドネシア工場で工場長を務めているそうだ。名前を聞けば誰もが知ってる会社だし、生産ラインの責任者ともなれば、こういう高級住宅街に住んでいたっておかしくない。どうせ家を空けるならと、叔父さん夫婦は、息子のように可愛がっている甥《おい》っ子のレイくんに快《こころよ》く住居を提供してくれたらしい。

通り過ぎる立派な家々に「これが日常の風景になるなんて」と気後《きおく》れしてきたころ、右手にある白い三角屋根の建物に目がいった。

しっくいの真っ白な塗り壁にマッドブラウンの洋瓦《ようがわら》が映《は》えて、まるで海外ドラマに出てきそうな可愛い家。

建物と同じ白い外壁に取り付けられた表札には、『Kamimura』と書いてある。筆記体で『Kamimura』。表記さえもお洒落《しゃれ》だ。さすが都会。

表札の下に呼び出し用のインターホンが備え付けられている。急に喉の渇きを覚えて、ごくりと唾を呑んだ。

実は、まだレイくんとの再会を果たしていないのだ。

営業部で働く彼は忙しいらしく、面接で会社へ足を運んだときも会えなかった。その分、今日はいっぱい感謝の気持ちを伝えようと心に誓っていた。それに、これからは一緒に暮らすことになる。

レイくんのことを考えているうちに、最初は輪郭すらぼやけていた記憶が、次第にビビッドによみがえってきた。

よくレイくんの髪を三つ編みにして、お姫様みたいなウェーブをかけてあげたこと。いっしょにおままごとをして遊ぶときは、私がお姉ちゃん役でレイくんが妹役だったこと。

くたくたに遊び疲れると、一緒にお風呂に入ってから眠っていたこと。

……こう考えると、弟というより妹と一緒にいる感覚だったのかもしれない。だから余計に守ってあげたいとか、世話を焼いてあげたいとか思っていたのだろう。

でも一番記憶に残っているのは——

『おもっていることは、ちゃんとわかるようにいわないと、あいてにつたわらないんだよ！』

引っ込み思案なレイくんが上手く自分の意見を述べられず涙目になっているときに、私がそうやって彼を叱咤激励《しったげきれい》していたことだ。

偉そうなことを言っていたが、台詞《せりふ》は当時の担任教師の受け売りだった。学校で何度も言われていたそれを、いかにも私が説《と》いている風に言ってたのだと思うとこそばゆい。

でも。そうやって彼を励ますことによって、私は彼の本当のお姉ちゃんっぽく振舞いたかったんじゃないだろうか。

これからの生活においても、もしひとりっ子の彼が『姉』を求めてくるようなら、出来る限りのことをしてあげたいと思う。

なんて……ハタチも過ぎて、今更お姉ちゃんもないか。

様々な思い出を脳裏《のうり》によみがえらせつつ、インターホンを押そうとしたのだけど、ふとその手を引っ込めた。そしてカバンから携帯用の鏡を取りだし、身だしなみをチェックする。久々の再会なんだから、きちんとしておかないと。

髪型にうるさくない職場ということなので、ミディアムヘアを派手すぎない茶色にし、緩くパーマをかけた。それを邪魔にならないよう、サイドで一つに束ねている。きっちり入れたアイラインもマスカラも、アプリコットカラーのチークもはげていなかった。

うん、ＯＫ。

鏡をしまい、改めてインターホンに向かうと、人差し指でボタンを押した。

電子音が二回響いたあと、ブツッという通話開始の音とともに、

「……はい？」

という、男性の声が聞こえる。

予想していたより低めの、ちょっとセクシーな声。

「どちら様ですか？」

「……あ、あの、従姉《いとこ》の、藤堂有紗です」

「ちょっと待ってて」

通話を終え、私は大きく息を吐いた。

もう随分長いこと会っていないのだから声なんか変わっていて当たり前だ。けれども、聞こえてきたのは耳を奪われるような甘い低音の声。それが昔のレイくんの中性的なイメージとはあまりにも違っていて、びっくりしてしまったのだ。

——しかし驚くのはまだ早かった。

直後に現れる彼自身に、私の抱いていたレイくんのイメージを大きく崩されることを。

そして更には、この素敵な家に隠されているある事情を。

――このときの私は、まだ知る由《よし》もないのだった。

2

お洒落《しゃれ》な扉を開けて出てきたのは、正統派の美青年。

ダークグレーのジップアップパーカーと黒いスウェット姿だけど、それでも十分カッコよかった。

レイくんと思《おぼ》しきその青年は私を見るなり、私の顔から何かを探り出そうとするように、真剣な視線を向けてくる。

「――ご、ご無沙汰してます」

挨拶《あいさつ》を紡ぐ唇が震えた。

それを合図にしたように、ふっと真顔を解いたレイくんは、サラサラ流れる黒い髪をかき上げて、ちょっとだけ気だるそうに玄関のステップを降りてくる。

「久しぶり」

「は、はいっ」

「どうしたの、かしこまって」

少し口角を上げるだけのクールな笑顔が眩《まぶ》しい。

昔は小柄だったのに、今の彼は私の身長なんてとうに追い越していて、結構見上げないと視線が合わないほどだ。かつての彼とは別人のようで、情けなくも緊張してしまう。

「だ、だって、レイくんすごくカッコよくなっちゃって」

「ああ。よく言われる」

……ん？

「上がって。中でゆっくり話そう」

「あ、うんっ」

何だろう。今サラッと肯定したよね？　こういうときは、本当のことでも謙遜《けんそん》するものだと思っていたから、一瞬どう返していいのか考えてしまった。

まぁでもカッコいいのは事実だし、私も気に留めずに流すことにした。

まず案内されたのは十四畳ほどの広々としたリビング。レイくんがコーヒーを淹《い》れてくれるというので、ソファに腰掛けて、部屋の中を見回した。

リビングのとなりが八畳ほどのダイニングスペースとなっていて、その奥がカウンターのあるオープンキッチン。リビングとダイニングはつながっており、開放感があった。

「迷わないで来られた？」

電気ケトルを操作するレイくんの手元から湯気が上る。程なくして、コーヒーの香ばしい香りが漂ってきた。

「うん。地図見てきたから」

「そう」

「それにしても、すごく素敵なお家だね。周りの家もみんな立派で、驚いちゃった」

「うちは大したことない——って、叔父さんの家にそんなこと言っちゃ悪いか。もっと先のほうに行くと、門から玄関までが果てしなく長い家とかもある。……信じられる？」

苦笑したレイくんが、スリッパの音を立てながら戻ってくる。そして、両手に持っていたマグの片方を私の前に置いた。ボルドー色に、ホワイトのドットが入った丸っこいデザインのものだ。

「ありがとう」

「インスタントだけど」

レイくんが自分のマグ——こっちは、ネイビー色にホワイトのドット。お揃いのデザインだ——に口をつけながら私のとなりに座った。その横顔を覗《のぞ》き見る。

薄めの眉にくりっとした二重《ふたえ》の瞳が人懐《ひとなつ》っこい印象を与え、ぽってりとした唇は幼さを残している。白くてすべすべだった肌は、少し健康的にカラーチェンジしていた。それでもきめ細やかな感じは相変わらずで、思わず触りたくなってしまう。

「何？」

今も角度によっては女の子に見えるのでは……なんて考えていると、レイくんが怪訝《けげん》そうに首を傾げる。

「ううん。あ――そうだ、この度は本当にありがとう」

私は立ち上がり、深々と頭を下げた。

「レイくんのおかげで新しい仕事先が決まったし、すごく感謝してるの」

「あぁ、気にしなくていいよ。たまたま欠員が出たんだ。そしたら有紗が仕事を辞めたばかりだっていうから」

再び違和感を覚えて顔を上げた。

今、もしかして、私のことを『有紗』って呼び捨てにしなかっただろうか。

『有紗おねえちゃん』ではなく、ただ『有紗』と。

「……うん。でも、住むところまで提供してもらえるなんて思わなかった。しかもこんなに素敵なお家を」

「部屋も余ってるし、会社も近いしね」

「会社まで二駅だよね？」

「ああ。悪くないだろ？」

とりあえず先に覚えた違和感は置いておき、こくんと頷《うなず》く。悪くないどころかとても便利だ。

「でもまだ信じられないなあ。まさか、あのちっちゃかったレイくんと同じ会社で働くことになるなんて」

「ちっちゃかったのはお互いさま。有紗とは一歳しか違わないんだし」

……おやおや？　やっぱり聞こえた。

今回は『有紗』と、確実に、間違いなく、そう呼ばれた。

「あれ、昔は有紗おねーちゃんって呼んでくれてたよね？」

再会直後だというのにこの距離の近さは何だろうと思案した結果、さり気なくにこやかに訊《たず》ねてみることにした。

「そうだっけ」

「そうだよ。あのころのレイくん、女の子みたいに可愛かったよねー。今だって十分可愛いけど、三つ編みで癖を付けてウェーブにすると、もう本当にお姫様みたいで――」

「そんなの昔の話だろ」

懐《なつ》かしさをわかち合おうと思ったのだけど、どういうわけかレイくんはお気に召さなかったらしい。端整な顔を不機嫌そうにゆがめて、私が言い終わらないうちにスパッと切ってしまった。

「思い出話なんて年寄りくさいことするなよ。それより、家の間取りとか確認したほうがいいんじゃないの？」

「と、年寄りくさい……?」

「案内するからついてきなよ、こっち」

そう言うとレイくんは立ちあがり、スリッパの音を緩慢《かんまん》に響かせながら扉へと向かっていった。

気を抜いていたところにボディブローをくらって、思わずぽかんと口を開けてしまう。けれど、彼の背中が見えなくなったところでようやく我に返り、私は慌ててあとを追った。

家の一階には今通してもらったリビング&ダイニングとキッチン、それと十畳の客間に、六畳ほどの収納スペース、バスとトイレがあった。

どこもひとり暮らしの割には掃除が行き届いていて、清潔な印象。綺麗好きなんだろうな。

それらを一通り回ったあと、玄関近くにある階段を上って二階に向かう。

「有紗の部屋は二階だから、覚えておいて」

「う、うん」

その呼ばれ方はやっぱり慣れない。

思い描いていた現在のレイくん像と実際の彼がかけ離れすぎていて、どうにも居心地が悪かった。

幼いころの印象から勝手に今の姿を想像していたわけだから、もちろん彼が悪いわけではない。むしろ、いつも私のうしろをくっついて来ていた彼が健《すこ》やかに成長したのは、喜ばしいことだと思う。

だけど久々に会った年上の女性をいきなり呼び捨てってていうのは、いかがなものか。

……なんて思っちゃうから、年寄りくさいとか言われるのかなあ。

もしかしたらレイくんとしては、フランクに接してくれているつもりなのかもしれない。一緒に住むんだし、ある程度距離を縮めた付き合いをしたいと思っているのかも。

やりづらいなんて感じたら、それはレイくんに失礼だ。

階段を上り切ると、廊下を挟んで左右に三つずつ扉が見えた。

レイくんは一番奥まで進むと、右手にある扉を押し開ける。

「ちなみに、向かいが俺の部屋だから」

ということは、左手側がレイくんの部屋か。覚えておこう。

八畳ほどの室内には、シンプルな木製のベッドとマットレスだけが置かれていた。ベランダに続く大きな窓からは日の光がたっぷりと入ってきている。太陽が高めに出ている間なら、明かりはいらないだろう。

「南向きだから、日中は気持ちいいと思う。夏は暑いくらいかも」

「嬉しいなあ、ありがとう……ちょっと出てみてもいい？」

「うん」

私は窓を開けてベランダに出た。心地よい春風に頬を撫《な》でられ、思わず目を細める。

胸のあたりまである柵《さく》に体重を預け、大きな家が並ぶ街並みを眺めながら言った。

「四月からは毎朝この景色を見られるんだね」

「あたりまえだろ。ここが有紗の家なんだから」

いつのまにか、レイくんも私のとなりに来ていた。私と同じように柵にもたれながら、静かな世田谷の住宅街を見下ろしている。

「レイくん、こんないいところにひとりで住んでたなんてうらやましいなぁ」

「…………」

一瞬だけ、レイくんの目が泳いだように思えたけど、私は気にせず続けた。

「でも、私だったらちょっと寂しいかも。広い分、余計にひとりだってことを実感する気がして」

それは私が失恋をしたばかりで、孤独という言葉に敏感になっているからかもしれないけど。

「……今のところ、寂しくはない。それに」

レイくんがこちらを向いた。

「――これからは有紗と一緒だから」

玄関から現れたときと同じ、とても真っ直ぐな瞳で私を見つめる。

見つめ返すのがはばかられるくらいの、真剣な目。

「そ、そう」

「有紗と一緒に暮らせるようになって、嬉しい」

甘い声のレイくんが、付き合っている彼女にしか聞かせないような優しい声色《こわいろ》でそう言うものだから、戸惑ってしまった。

「……やだ、その台詞《せりふ》、まるで好きな人に言うみたい」

ドキドキしてしまいそうで、私はあえておどけて言ってみた。

嘘。ドキドキしそうなんじゃなく、すでにドキドキしている。

レイくんが美青年だからという理由ももちろんあるけど、それだけじゃなくて。

今まで付き合ってきた男性達は、自分の気持ちを積極的に伝えてくれなかった。直行もそう。

『好き』とか『愛してる』とか、『一緒にいられて嬉しい』とか。そういうのを雰囲気で察して欲しいって人ばかりだったから、ストレートな言葉に耐性がないのだ。

きちんと言葉で表現してもらうって、こういう感じなのか。

……悪くない。ううん。嬉しい、かも。

っていうか！　きゅんとしてる場合じゃない！

久しぶりに会う従弟《いとこ》相手に胸を高鳴らせたりするなんて——一体何してるの、私。

彼氏と別れて寂しいから、誰彼構わずにときめきを求めてしまっているのだろうか。

だとしたら、自己嫌悪に陥る。そんなつもりなんてないのに。

ドキドキしたり、そんな自分を叱咤《しった》したり、落ち込んだり……ものすごい速さで思考を巡らせていると、レイくんが首を横に振った。

「みたい、じゃない」

「えっ？」

どういう意味だろう——と考えるより先に、彼の片手が私の頭に伸びる。後頭部に回ったその手に支えられたかと思ったら、彼の綺麗な顔が近づいてきた。スローモーション映像のようにゆっくり、ゆっくり。きっと時間にしてみたら一瞬の出来事なのだろうけれど。

それから唇に何かが触れた。しばらく忘れていた、温かくて柔らかな感触。

「——っ!?」

それが何かを理解した瞬間、声にならない悲鳴を上げてレイくんの胸を押した。

……え？　え、えええ？

今、キスされた？

「れ、レイくん、一体、な、何をっ……!?」

「何って、キスだけど」

そういうことを聞いてるんじゃない！

久々の再会を果たしたばかりで、キ、キスって――

ど、ど、どうしてこんなことに……!?

「ただいまー」

「おい、声でかいよ」

頭の中がこんがらがって動けないでいると、玄関の扉が開く音とともに男の人の声が聞こえてきた。それも二人分。

ふっと魔法が解けたみたいに力が抜けた私は、レイくんに背中を向けて部屋の中に駆け戻った。

まだうまく状況が把握できていない。だけど――

……あれ？　ちょっと待って。

聞こえてきた台詞《せりふ》に引っ掛かりを覚える。

『ただいま』――と。彼らはそう言っていなかっただろうか？

「ったく、アイツらもう帰って来やがったのか」

私のあとを追って室内に戻ってきたレイくんが、窓をロックしながら忌々《いまいま》しそうに呟《つぶや》いた。

帰って来たって？

「……ーん？　い……のー？」

「……で……るんだろ、ど……」

家の中に入って来た彼らが、何を言っているのかまでは聞きとれない。

階段を上る音に交じって届くのは、ちょっと間延びしたような高めの声に、落ち着いてはいるもののはっきりと通る声。ベランダから聞こえた二人の男の人と思《おぼ》しき声が、確実に二階へと近づいてくる。

「ねーレイちゃんー。いるならいる、いないならいないって返事してよー」

いない場合は返事をできないだろう――と心の中でツッコミを入れつつ、私は振り返ってレイくんを見た。

「お友達？」

「まあ、そんなもの」

そうか、レイくんの知り合いか。なら親しげな呼び方も頷《うなず》ける。

それにしても、なぜ『ただいま』と言ったのだろう？

「お友達が遊びに来る予定だったの？　ごめん、すぐ失礼するね」

「いや逆。このときのために追っ払ったはずだったのに」

「……？」

意味がわからない。

「レーイーちゃーん……あら」

「……ここじゃないな」

彼らは近くの部屋の扉を開けたようだけど、そこでは目的の人物を見つけることができなかったみたいだ――レイくんは私の傍にいるのだから、当然なのだけど。

「じゃ、あっちだ。例の空いてる部屋」

落ち着いた声音《こわね》の男の人が促《うなが》し、足音は更に接近してくる。

「ちょっとどいて」

扉の前にいた私を下がらせると、レイくんは不満げな顔でやや乱暴に扉を開けた。

「お前ら、何で帰って来たんだよ」

廊下に向けてなじるように言ったレイくん越しに、人影が二つ見える。

「レイジロ、やっぱりここか」

耳心地のいい声でそう言ったのは、黒髪にメガネの男性。人がよさそうな顔立ちながらキリッとした雰囲気もあわせ持つ好青年だ。白いシャツの上にネイビーのスウェット地カーディガン、ボトムスはベージュのチノパンという清潔感のあるファッションがよく合っていた。

「ただいまーレイちゃん」

語尾が伸び気味の彼は、脱色した長めの髪と、胸元にドレープの入った黒いアシメカットソー、グレーのサルエルパンツというなんとも個性的な出で立ち。吉と出るか凶と出るかが微妙な服装にもかかわらず、それをしっかり着こなせる顔とスタイルをしている。

二人はレイくんの他に誰かがいることを予想していたらしく、部屋の入り口から何かを探すように覗《のぞ》き込んできた。

そして私を見つけるなり、まずは目立つ髪色の青年が「あっ」と小さく叫んだ。

「どうもー、はじめましてー。オレ、シンって言いまぁす。青山慎《あおやましん》。よろしくー」

「どっ、どうも、はじめまして。私は、レイくんの従姉《いとこ》の——」

底抜けに明るく笑いかけられて、私もすかさず頭を下げた。

今度は私が自己紹介する番とばかりに、藤堂の「と」を発音しかけたところで、

「藤堂有紗さん、でしょ？」

と、フライングしたのはメガネの青年。何で知っているのだろうと、顔を上げ、視線で問うてみる。

「あ、ごめんごめん。レイジロから聞いてたから」

彼は苦笑を浮かべ、続けた。

「僕はアヤセ。綾瀬涼《あやせりょう》」

「青山くんに、綾瀬くんね」

忘れないように復唱していると、青山くんがおかしそうに喉を鳴らす。

「やーだな、そんなよそよそしい呼び方しないでって。もう他人じゃないんだしー」

「……？」

他人じゃない？

よく意味がわからず、中途半端な相槌《あいづち》を打っていると、綾瀬くんも笑って頷《うなず》きを返す。

「そうそう。有紗さんのほうが年上なんだし、もっとフレンドリーに、下の名前で呼んでよ」

「これから一緒に暮らすんだから、そのほうが互いに気楽でしょー？」

「いっ？」

青山くんが至極当たり前みたいに言うものだから、息継ぎをするような変な声を上げてしまった。

「一緒に？　……またまた、そんな冗談」

つい、何の面白みもない、まともなリアクションを返す私。感じが悪かったかなと思い、今更ではあるけれど、「あはは」と笑いをつけてみる。

「冗談？」

ところが、青山くんはきょとんとした顔で首を傾げたのだ。

え？　何で？

「——ねーレイちゃん。まさかとは思うけど、有紗ちゃんにオレたちのこと、話してないの——？」

会話がかみ合っていないことを察したらしい青山くんが、ちょっとだけ声をひそめてレイくんに訊《き》く。口元に添えられた手には、蛇《へび》が絡みついたような指輪がはまっている。

「話そうとしたところでお前らが帰ってきた」

今まで私たちの会話を黙って聞いていたレイくんがため息をついて続けた。

「っていうか、しばらく家空けろって言ったろ。何、帰ってきてんだよ」

「いやー、だって未来の同居人にキチンとご挨拶《あいさつ》しておきたいじゃんー。リョウくんもそー思うでしょ？」

「ああ。大体、自分ちにいつ帰ってこようが自由だろ」

ただいま。一緒に暮らす。同居人。自分ち。

頭の中でバラバラに点在していた単語たちが、一つに集約される。

「あの……えっと、あなたたち、この家に住んでるんですか？」

導き出した結論を、まさかと思いながら口にしてみた。

違うよ……ね？

「うんー、そうだけどー？」

——そう願ったのも空《むな》しく、青山くんの緊張感のない声がしれっと答え、

「で、今月末からは有紗さんも一緒に暮らすんでしょ？　よろしくね」

綾瀬くんがレンズの向こうで優しい笑みを浮かべた。

い、一緒に、暮らす……だって？

「な……な、なな、何それっ⁉　そんなの聞いてないんですけどっ⁉」

四人暮らしでもまだ十分に余裕がありそうな、この広く静かな家に、私の悲鳴に近い叫びが響き渡った――

3

「――だから、今日家を見てもらうついでに話そうと思ってたんだって」

腰を落ち着けて話せる場所を……と、一階のリビング＆ダイニングに移ってきた私たち。

ダイニングテーブルを囲んで、私のとなりにレイくん、向かい側に青山くんと綾瀬くんが座っている。

私は、しくじったと眉をひそめるレイくんのほうを向きながら言った。

「そ、そんなの困るよ……。私は、レイくんがひとり暮らしってことだったから、一緒に住まわせてもらおうと思ってたのに」

「ひとり暮らしだなんて言ってないけど」

「えっ……？」

「有紗のお母さんからの電話でも訊《き》かれてないし、この家については『部屋が余ってる』って言い方しかしてない」

「そ、そんなあっ」

そりゃあうちのお母さんだって、他に同居人がいるなんて想定してないよ。

だいたい、訊かれてないから言わないなんて、そんなの言い訳にならないっ！

「俺は悪くない」とでもいう態度のレイくんに納得がいかないながらも、今度は身体を前方の青山くんと綾瀬くんに向ける。

「二人は、どうしてレイくんのお家に住んでるの？」

「おー、それ聞いちゃうー？」

先に口を開いたのは青山くんだ。

「なーに、簡単な話だよー？　オレの場合は、親からの仕送りストップされて家賃払えなくなっちゃって」

「仕送りって？」

「あー、オレこの中で唯一《ゆいいつ》の大学生なのー。歳はみんなと一緒だけどさー」

ちなみに四年ね――と指を裏向きに四本立てた。蛇《へび》の指輪の緻密《ちみつ》な細工がよく見える。

……その割には、随分高価そうなものを身に着けてるみたいだけど。

「留年しすぎて『そんなんじゃ大学に行ってる意味ないだろ！』って、父親に怒られてねー。がっつりバイトしててもお金カツカツで、どうしよーかなーって思ってたら、高校時代の友達のレイちゃんが『ウチこない？』って誘ってくれてさー」

「俺は誘った覚えないけど。シンが勝手に荷物持って押し掛けてきたんだろ」

「あはは、そーだっけー？」

すかさず入るレイくんのツッコミ。それを、青山くんはヘラっと笑って誤魔化《ごまか》していた。

「……綾瀬くんは？」

「僕は単純に会社に近いからだよ。シンと違って金銭的に切羽詰まってるわけじゃないけど、会社の最寄りまで二駅だっていうし、家自体も綺麗だし……」

「会社の最寄りまで二駅？」

その言葉、つい最近聞いたなと思う。

「――ああそうだ。有紗さん、僕らの会社に入ることになったんだったね。おめでとう。僕、レイジロと同じ営業部で働いてるんだ」

ということは、綾瀬くんはレイくんの同僚ってわけか。――って、そんなことより。

「レイくん、由香利伯母さんは、この状態を知ってるの？」

「さあ。一度もこの家に来たことないから、知らないんじゃないの」

「いやー、さすがにレイちゃんのママにバレたら、オレ住みづらいわー。勝手に転がりこんじゃってるわけだしさー」

「というわけで、レイジロのお母さんには内緒ね、有紗さん」

綾瀬くんがにっこり笑いながら、唇の前で人差し指を立てた。

……いやいや、何か、このまま二人が住み続けること前提みたいになってるけど。

「で、でもっ……妙齢《みょうれい》の男女が一つ屋根の下っていうのはどうなのかな」

このままじゃ彼らのペースにのせられてしまう。焦った私は反論した。

「リョウくん、ミョーレー？　って何？」

「それなりにいい歳のってことだよ」

「へー。頭いーんだね、有紗ちゃんて」

とりわけ難しい言葉を使ったつもりはなかったんだけど、青山くんはとなりの綾瀬くんに意味を問うている。そして納得した後、あははと笑いだした。

「なんだーそんな心配か。あんまり構えずに、新しい男友達が出来たなーくらいのテンションでいてくれればいーのに」

「いや、そういう問題じゃ……」

男友達と同じ家に住む女性なんて滅多にいないだろうに。少なくとも私の周りでは聞いたことがない。

「あー。有紗ちゃんて、もしや男女の友情は成立しない派かなー？　でもダイジョブ、オレらのことはさー、従弟《いとこ》が二人増えたと思ってくれたらいーって」

ねー、と綾瀬くんに目配せをすると、彼も頷《うなず》く。

「そういうこと。だから、従弟っていうか——家族。そう、家族だと思ってくれたらいいんじゃない？」

ピッタリはまったと思ったのだろう。綾瀬くんは強調するように声を高くして言った。

……家族だって？

「そ、そんなの無理だよっ‼」

強い口調になってしまった。和気藹々《わきあいあい》としていた空気が、シーンと静まりかえる。

言い争いを望むわけじゃないけど、もう黙ってはいられない。矢継《やつ》ぎ早《ばや》に続けた。

「家族だなんてそんなの無理っ。わ、私は従弟のレイくんだったら、血もつながってるし、小さな頃を知ってるっていうのもあって、一緒に暮らしても安心だなって思ったわけなの。でも、青山くんや綾瀬くんが同居人だなんて知らなかったし、初対面で人となりのわからないあなたたちといきなり一緒に暮らしてってって言われても、抵抗があるというか……」

ここまで一息で言ったところで、ぐるりとみんなの顔を見回してみた。

捨てられた子犬のように悲しげな顔の青山くんと、困惑気味の綾瀬くん。

そして、不服そうというか、明らかに気分を害しているレイくんのふてくされた表情。

その全てに気圧《けお》され、うっと言葉に詰まる。

「と、ということで……正直言って、私は気が進まない、です……」

自分が間違ったことを言っているつもりはないけど、口調が強すぎただろうか。不安になって、どんどん語勢が弱まってしまった。

私の言葉を受け、みんなはそれぞれの表情のままに黙っている。

とりわけ気になったのはレイくん。彼はなぜこんなに不満そうにしているのだろう。お友達との同居を真っ向から拒んだのが気に入らなかったのだろうか？

けど、そんなの当たり前じゃない？　こういう言い方は失礼かもしれないけど……突然、赤の他人と生活するなんて、私の感覚では考えられない。というか誰だってそうだろう。そもそも、いくら訊《き》かれなかったからといって、同居人がいると告げなかったレイくんに非があるのではないだろうか。

「……どうするんだ、レイジロ」

私たちの間に広がった気まずい沈黙を、綾瀬くんが破った。

「どうするって、何が」

「有紗さん、すごい困ってるみたいだけど」

「そーだよー。なんかこのままいくとー、オレたちが悪モノってかー、邪魔モノみたいな流れになっちゃうんですけどー?」

悪者だとか邪魔者とまでは思っていないけど、彼らとの同居は困るという意味では同じなのかもしれない。

……とはいえ、もとから住んでいるのは二人のほうだし、私が出ていけなんて言える立場じゃないことはわかっている。私は、じっとレイくんの反応をうかがった。

「そうは言っても、先住者はシンとリョウだし。二人を追い出すっていうのは違うだろ」

への字にしていた口から吐き出された言葉は予想通りの内容。けど、そうなると……

「それって、二人はこのまま、この家に住み続けるってこと?」

「うん。もとはといえばそのつもりで有紗にも声を掛けたんだし、二人に出ていけなんていう理由はどこにもないから」

続きを聞いて、私は目を大きく見開いた。

そのつもりって、そんな無茶苦茶な!

こっちは、先に二人が住んでいることなんて知らないのに。私だけじゃない、由香利伯母さんやうちの母親だって……

「うちの両親も許さないよ。独身の一人娘が、見知らぬ男の子たちと同居だなんて」

「まあ、そうだろうね」

私の言葉に対して、レイくんの反応は淡々としていた。

「確かに許さないと思うよ。でもさ、一緒に住めないとなったら、困るのは有紗のほうじゃないの」

「……」

思わず黙ってしまった私に、レイくんは気だるそうに頬杖をついて続けた。

「有紗の親ってさ、二人とも有紗がこっち――東京に出てくるのに反対だったんだろ。うちの母さんが言ってた。女の子の親らしく、セキュリティを心配してたみたいだけど、それをうちの母さんが俺との同居を条件に説得したわけ」

「うん、知ってる」

「本当なら優也のところに転がり込むのが一番だったんだろうけど、さすがに新婚の家庭に入っていくわけにはいかないしな。だから、有紗が東京で暮らすっていうのは、この家で生活するってことが前提になってる。なのに『この家には住めませんでした』なんてことになったら……どうなるだろうね」

つまり、この家で生活するからこそ、私は東京で暮らすことができると伝えたいようだ。言いかえれば、この家に住まずして東京での生活はない――と。

「そ、そんなっ。就職だって決まったんだし、いくら何でも、ここに住めないからって地元に戻れなんて言わないと思うけど」

そう口にしてはみたものの、我ながら苦しいと感じた。

「でも今回有紗が家を出てもいいって話になった決め手は、俺と同じ会社で、同じ家だっていうことらしいから。よくわからないけど有紗のお母さん、俺を頼りにしてくれてるみたいで、俺が声掛けなかったら東京行きなんて絶対なかったと思うんだけど。……自分でも心当たりあるんじゃない？」

まさに、その通りだろう。ぐっと奥歯をかむ。

「有紗だって、せっかくこっちで就職決まったのに、またゴタゴタするの嫌じゃない？」

「う……」

確かにそれはその通りだ。

念願叶ってやっと華の東京生活が始まるところだというのに、スタートする前に終了を迎えるなんて、辛すぎる。

「なーんか警戒してるみたいだけどー、別にオレたち有紗ちゃんが嫌がることは何もしないよ？」

「そうそう。あくまで一同居人だと思ってくれればいいだけだし。気負う必要ないんだから」

押され気味の形勢を見逃さなかった青山くんが陽気に切り出すと、綾瀬くんも相槌《あいづち》を打つ。

「ねーリョウくん。仮にこっちでひとり暮らしができたとしても、何だかんだでお金かかるよね？」

「うん、家賃に水道光熱費にプラスして食費を捻出《ねんしゅつ》しなきゃならないし。さらには衣服代だとか美容代だとか交際費だとか、いろいろ大変だよ」

「でもさでもさ、もしこの家に住むとしたら話は違うよね？」

「家賃は0《ゼロ》だし水道光熱費や食費は割り勘。稼いだら稼いだ分だけ自分で使えて、貯金までできちゃうってわけだ」

「おぉー！　すごいねーリョウくんっ！」

　気が付けば深夜の通販番組みたいなわざとらしいノリになっているけれど、彼らが言っていることに嘘はない。シェアハウスにはシェアハウスの利点があるのは確かなのだから。

「嫁入り前の娘さんには、大変おススメなんですけどねー。浮いた分、習い事やオシャレに回せるでしょー？」

『嫁入り前』という単語が、自分でも驚くほど胸に刺さった。

　青山くんは私が婚約者にフラれたことなんて知らないだろうし、全く意識せずに使った言葉なのだろう。だけど私にとっては、簡単に流せる単語ではなかった。

　私の頭の中の大きなスクリーンに、大好きだった直行との日々が駆け抜けていく。

事務所の入社式の帰りに初めて言葉を交わしたときのこと。

三回目の居酒屋デートで『付き合ってほしい』と交際を申し込まれたときのこと。

初めて直行の家に泊まりに行ったときのこと。

『近いうちに結婚しよう』と指輪を渡されたときのこと。

最後は――

『好きな人が出来たんだ。婚約はなかったことにしてほしい』

私と直行の関係が、終わったときのこと。

それらが走馬灯《そうまとう》みたいに。

そして、現実には目にしたことはないはずの、私ではない女の子と楽しそうに笑い合っている姿がスクリーンにチラついて、叫び出したくなった。

……ああ、そうだったんだ。やっとわかった。

東京に憧《あこが》れていたし、ずっと上京したいという気持ちを抱いてもいた。だから、今回は自分を変えるために上京を決意したと思っていたのだけど……

本当のところは、あの二人から離れた場所に行きたい気持ちが占める割合のほうが断然大きかったのだ。自分が思っているよりも、ずっと。

会わないで済むならそれに越したことはない――という程度のつもりだったのに。実際には、直行と澪ちゃんの存在が、これほどまでに私の心を占めていたなんて。

それに気付くと、今度は地元へ帰ることに対する恐怖が湧き上がってくる。

もしこの家に青山くんや綾瀬くんが住んでいることを、母親に知られてしまったら。

地元に帰ってくるようにと命じられたら。

――眩暈《めまい》がした。

「わかった」

口から出た声は、自分でも驚くほどに低かった。

「……ごめんなさい。青山くんや綾瀬くんの話を聞いて、考えが変わったよ。二人の言う通り、従弟《いとこ》が三人になったと思えば、大した問題じゃないよね」

あたかも彼らの説得で意見を変えたかのように振舞うと、青山くんがしめたとばかりに頷《うなず》く。

「そーそー、そーゆーこと！　わかってくれたー？」

「うん。お金が浮くっていうのももっともだと思うし、合理的かなって」

言いながら、となりのレイくんを見た。

彼は、こうなることを予想していたかのような意地の悪い笑みを浮かべている。

……うう、私が納得するしかないっていうの、わかってたんだ。感じ悪いっ。

「それじゃ決まり。四月からは有紗もシェアハウスの一員ってことで」

そして、レイくんがそう口にした瞬間。

私と従弟《いとこ》とその友達二人という、奇妙な同居生活が決定したのだった。

4

三月の末日。暖かな日差しが降り注ぎ、地元では例年より早く桜の見ごろを迎えたこの日。細々《こまごま》とした荷物の詰まったキャリーを引きつつ、私は晴れて上京した。

神村家前に到着し、律儀にインターホンを押して応答を待つ。すぐにレイくんが玄関の扉を開けて出てきてくれた。

「そのまま入っていいのに」

「あ、うん。でも、何となく」

前回と同じ部屋着のようなリラックスした格好だけど、相変わらずの美青年っぷり。ついつい動揺して、答え方がぎこちなくなってしまった。

「荷物はそれだけ?」

「う、うん」

そんな私の様子など意に介さず、彼は小脇に置いていたキャリーを顎《あご》で示してみせた。

「貸して」

彼はステップを降りて私の傍まで来るとキャリーをひょいと持ち上げ、先に家の中へと入っていく。

彼と会うのは、家の下見をしに来たあの日以来。

の割に、ちょっとそっけない対応な気もするけど……仕事のスケジュールを工面して平日である今日を空けてくれたらしいし、そのせいでお疲れ気味なのかもしれない。

「……お邪魔します」

まだお客さん気分の私は扉の前でそう言ってから中に入った。

「おー、有紗っち久しぶりー」

玄関で靴を揃えていると、聞き覚えのある高い声が降ってくる。

「あ、青山くん」

顔を上げ、声の主の名前を呼ぶと、彼は舌を鳴らしながら人差し指を振ってみせた。

「違うでしょ、シンでしょー。はい、もう一回」

「えっと、シンくん、久しぶり」

「はーい久しぶりー。有紗っちは元気にしてたー？」

私がファーストネームで呼び直すと、シンくんは嬉しそうにフルスマイルを浮かべた。

一緒に暮らすことが決まってから、私たちは余所余所《よそよそ》しさを払拭するために互いを名前で呼ぶことにしたのだ。で、どういうわけかシンくんには『有紗っち』と呼ばれることになった。

「もう荷物は全部届いてるよー。机とかチェストとか本棚とか、おっきい家具は全部言われた通りに配置してあるー」

「ありがとう」

「いえいえー。人数が増えるのは、オレらとしてもありがたいからねー。お金的な意味で」

「……あ、あははは。だよねー」

素直すぎる発言に乾いた笑いがもれる。

同居を拒んだとき、シンくんやリョウくんがやたら私を説得するのは何故《なぜ》なのだろうと思っていた。けれど、それはどうやら人数を増やして水道光熱費や食費を更に浮かせたかったためらしい。

「じゃあ、自分の部屋見てくるね」

「いってらっしゃーい」

手を振るシンくんを残し、私は階段を上っていく。

廊下の一番奥にある私の部屋には、キャリーを置くために先にレイくんが向かっている。その扉をノックして、そーっと開けた。

「だから、自分の部屋なんだしそんなことしなくていいのに」

扉を開けてすぐの場所。ちょうど部屋の真ん中あたりでキャリーをおろしたレイくんが、こちらを向いて笑っていた。

「そうなんだけど、何だかまだここに住むって実感がなくて」

　私も笑って言う。

　夢だった東京での暮らしが始まるということも、男の子ばかりの家で生活し始めるということも。そのどちらも、私にとってはまだ現実と思えないのだ。

「レイアウトはこんな感じだけど、直すところはある？」

　レイくんが部屋の中を見回す仕草をしたので、私もそれにならった。

　扉側の壁に本棚。向かって右にベッド——これはもともとこの部屋に備え付けてあったもの——、左側の壁に沿って手前に机と椅子、奥にチェストが二つ。クローゼットがあるので、これで十分だ。

「大丈夫。ごめんね、大変だったでしょ」

　シンくんが言っていた通り、全て私がお願いした配置になっている。私が到着するより先に部屋を完成させてくれていたとは。

「雑貨と衣服のダンボールには一切触ってないから安心して。あと、カーテンなんだけど、柄物の遮光《しゃこう》カーテンしか入ってなかったんだけどいいの？」

「え？　本当？」

　爽やかな葉のモチーフのカーテンと一緒に、ミラーレースのカーテンも荷物に入れていたつもりだったのだけど、うっかり忘れてしまったのだろうか。

「よかったら、うちに予備があるからそれ使って。サイズも合ってるから」

彼がベッドのほうを顎《あご》で示したので視線で辿《たど》ってみると、まだベッドメイクの済んでいないマットレスの上に、レースのカーテンらしきものが折り畳まれていた。

手に取ってみると、優雅なスカラップが施《ほどこ》された、いかにも女性好みなデザイン。この窓にサイズが合うのなら、かつて誰かが使っていたのだろうか。

「うん、ありがとう。助かる」

私はレイくんにお礼を言って、早速ベッドメイクや荷物の整理にとりかかった。


持ってきた荷物が少なかったのと、大きな家具をあらかじめ配置してもらっていたおかげで、引っ越し作業は滞《とどこお》りなく進んだ。リョウくんが仕事から帰宅して私の歓迎会を始めるころには、ほぼ片付けが終わっていた。

「じゃあ、有紗ちゃんの入居を祝して、乾杯」

私のためにとリョウくんが買ってきてくれたシャンパンをグラスに注ぎ、ダイニングテーブルの上、彼の号令で四つ重ねる。グラスはカチンと涼しげな音を立てた。

「明日から有紗ちゃんもうちの社員になるんだよね。そっちでもよろしくね」

シンくんの私への呼称が『有紗っち』になったことで、今度はリョウくんが私を『有紗ちゃん』と呼ぶようになった。「こちらこそ」と頷《うなず》きながら、デリバリーで注文したサラダやピザを三人に取り分ける自分が、実はまだ信じられないでいた。

地元に帰りたくないからって、やはり早まってしまったか。従弟《いとこ》の家だといっても、知らない男が二人も住んでるところで暮らし始めるなんて。

……まあ、私は誰もがうらやむような美人じゃないし、ドギツい失恋を味わったばかりで、そんな心配は不要かもしれないけど。でも、万が一ってこともある。

そう、この間みたいに……

「……何?」

「あ、ううん」

私は無意識にその人物――レイくんのことを見ていた。視線に気付いた彼が、シーフードピザを食べる手を止めて首を傾げる。

首を傾げたいのはこっちのほうなのに。この間のアレは一体何だったの?

アレというのは、もちろんあの時のキスのことだ。何の前触れもない、突然のキス。

結局聞きだすタイミングがなくて、そのままになってしまっていた。

もしかしたら私が一番気を付けなければいけないのは、初対面の二人ではなく、幼いころに数えきれないくらい一緒に遊び、全くそういう対象から外れていたレイくんなのかもしれない、とさえ思えてくる。

まあでも一度住むと決めたからには、しばらくはこの環境でやっていくしかない。仕事に慣れてお金が貯まってきたら、ひとりで暮らせる方法を具体的に考えていくのもアリだろう。

「そっかー、今日こっちにきて、明日からすぐ仕事なんだねー。社会人って大変ー」

「そうだよ。大学生はいいよな、まだ休みなんだろ」

ちっとも大変だと思ってなさそうな声のシンくんに、リョウくんがふうっとため息をつきながら言う。

「休みだけど、オレもバイトだもーん。撮影ー」

「えっ、撮影？」

バイトと撮影という言葉が上手くリンクしない。

「あっ、オレさー、モデルのバイトしてるのー。コスプレモデル。ほらオレ、顔がこの通り美形でしょー？　スタイルもフィギュアっぽいっていうか。そういう分野嫌いじゃないし、なーんか向いてるみたいなんだよねー。天職？」

自画自賛を交えつつ話す彼に詳しく聞いてみると、世の中にはコスプレを特集している月刊雑誌があるらしく、シンくんは毎号毎号決められたキャラクターのコスチュームを着てプロのカメラマンによる撮影をこなし、その掲載料をもらっているのだそう。

つまり、コスプレ専門の読者モデルをしているということだ。そんな分野があるとは知らず、びっくりした。

ハーフと見紛《みまが》うような——本人は純日本人らしい——彫りの深い顔立ちに、無駄のない細身の体型が、アニメやゲームの世界観にマッチするのだろう。その筋では結構名の知られた存在で、彼のファンも少なくないらしい。これまたびっくりだ。

「そんなことばっかやってフラフラしてるから、仕送り切られるんだろ？」

「だってー、必要とされるのって気持ちいいじゃーん。大事な授業の時間とカブっても、ついつい撮られに行っちゃうんだよねー。あと、こーゆージャンルって休日のイベントとかも多いしー、だから平日は疲れ切っちゃってるってゆーかー」

苦笑しながら、クルトンののったシーザーサラダを口に運ぶリョウくんに、口を尖《とが》らせて反論するシンくん。

「ねえ、そういえば二人は、もともとの知り合いじゃないんでしょ？」

二人のやり取りは随分くだけたものだけど、シンくんはレイくんの高校時代の友達で、リョウくんは会社の同僚。彼らはレイくんという共通の知人を介して出会ったはずだ。

「んーまー、そうだね。この家で顔を合わせたのが初めてだったと思うけどー」

「いつだっけ？　僕がレイジロとよく話すようになってからだから……えーっと、一年半くらい前？　入社して半年経ったころだよな」

「うんー、後期の授業が始まる前だったから多分そーだよ」

「もう一年半か」

「最初リョウくん、爽やか過ぎて近寄り難かったよー。好青年オーラバシバシ出てて、なんかオレとは住む世界違うなーって思って、話しかけられなかったー」

「シンのほうこそ、そのとき真っ赤な髪してただろ。ヤバい、とんでもない家に来ちゃったって、気安く話しかけられなかったよ」

二人の会話は延々続いた。お互いに最初は気まずかったものの、彼らが共に『あ』で始まる苗字であることから話が盛り上がったらしい。学生時代に様々なイベントの代表や一番手を押し付けられたエピソードなどを話し、それを機に友好を深めていったようだ。今では行動を共にする回数は、もとの知り合いだったレイくんより多いくらいだとか。

「でもさーでもさー。レイちゃんちで暮らし始めなかったら、リョウくんとも出会えなかったわけじゃない。そう考えると、レイちゃんに感謝だよねー」

リョウくんとの思い出話をしている間、シンくんはシャンパンのグラスを持って舐めるようにずっと飲んでいる。量でいったらわずかだけれど、燃費がいいのかすでに酔い始めているらしい。

いつもより輪を掛けて高い声で言うと、レイくんは「それはどうも」とおざなりに言った。

「やだー。レイちゃん、オレとリョウくんに嫉妬してないー?」

「してないしてない。シン、明日撮影なら酒はほどほどにしておいたほうがいい、弱いんだから」

「はーい。何だかんだ言って、優しいよねー」

「うるさい、酔っ払い」

シンくんとレイくんの軽口の応酬《おうしゅう》を聞いて、あまり口を挟まないレイくんは会話に興味がないわけではなく、聞き役なのだろうと思った。この三人の会話を引っ張るのはシンくんで、それにリョウくんが合いの手を入れ、必要に応じてレイくんが加わる。

同じ家で暮らしていく中で、この形が一番自然体に近いのだろう。そう考えると、それぞれカラーの違う三人だけれど、なかなかどうして、つり合いがとれているような気がした。

「で、そんなレイジロのおかげで、僕たちも有紗ちゃんと出会えたってわけだ」

「だねー。てか、オレたちにも突然言うんだもん。『今度、従姉《いとこ》がここに引っ越してくることになった』って」

「何だよ、『別にいいよー、光熱費とか浮くし』って真っ先に返事したの、シンだろ」

「まーオレはそういう理由もあって大歓迎だったけどさー。有紗っちは何も知らなかったみたいだったし、ちょっと可哀想《かわいそう》じゃーん」

本当にそうだ、と強く頷《うなず》いてしまいそうになる。

レイくんひとりが暮らしていると思っていたところ、全く知らない二人組に「今ここに住んでます」と言われた気持ちを、そうやって察してくれるべきだろう。

「それにしてもー、四人っていうとまたにぎやかになるねー。懐《なつ》かしいなー、一年半前。オレとレイちゃんとリョウくんと、あと――」

「シン」

それまでシーザーサラダを口に運んでいたフォークを、カチャッと音を立ててお皿の上に置いてから、レイくんが鋭い声でさえぎった。

シンくんは「しまった」という顔をして口をつぐむ。ちょうどグラスの中身を飲み干したリョウくんは、二人の様子を視界に収めながら、やれやれと嘆息する。

「……とにかく、これからよろしくね、有紗ちゃん。いろいろ思うところはあるだろうけど、せっかくこうしてみんなで暮らすことになったんだし。楽しくやろう」

ほんの一瞬だったけど、不穏な空気が流れたのはわかった。けれどそれ以上は私に悟らせまいと思ったのか、そんな空気を打ち消すようにリョウくんが言う。

「う、うんうん、そうだねー。ほとんど知らない同士が一緒に暮らすんだし、お互い無理せず、ケンカせず、仲良くねー」

それに乗っかる形でシンくんがまとめて、さらに、

「そういやー、明日はみんな何時起きなのー?」

と、素早く違う話題に切り替えたので、私もそれまでの話題を深く考えることなく、「六時半」などと答えたのだった。

「見事に寝落ちたな、二人とも」

ダイニングテーブルに沈むシンくんとリョウくんを見下ろして、レイくんが言った。彼らはアルコールによって、私たちよりも一足早く眠りの世界に行ってしまったのだ。

「シンくんとリョウくん、大丈夫なの？」

「シンは酒飲むと大体ああだから。……リョウはこういうことは滅多にないんだけど、酒っていうよりも仕事で疲れてたんじゃないかな。ひとまずそのまま寝かしておけばいい」

ぐっすりと寝ている彼らをそのままに、私とレイくんはグラスを片手にリビングに移動し、ソファに横並びに腰掛けた。

シャンパンはとっくに飲み切ってしまっているので、グラスは脚のあるものからロンググラスへと変わっている。そして中身は誰かが買い置きしていたらしい缶ビールだ。

「レイくんは、お酒強いの？」

「どうだろ。記憶がなくなるまで飲んだりはしないし、気分が悪くなることもないから、割といけるほうなのかも。有紗は？」

「私もそんな感じかな。度数が高すぎるのを急いで飲んだりしなければ、気持ちよく酔っ払える感じ」

「それくらいがちょうどいいよ」

言いながら、八分目まで注いだビールをあおるレイくんを、改めてじっと見つめた。

顔色にほとんど変化はないけれど、心もち赤くなっている気がする。くりっとした瞳も、白目の部分に少し赤みがあるような。それでも、顔立ちの美しさに何ら影響はなく、かえって煽情的《せんじょうてき》なくらいだった。

ビールを嚥下《えんげ》する喉を通って、手元に目がいく。グラスを支える指先は長くしなやかで、手のひらはきっと私のそれよりも一回り大きい。横長の爪先は短く綺麗に揃っている。

やっぱり昔のレイくんとは全然違う。昔のレイくんは『男の子』だったけど、今のレイくんは立派な『男の人』だ。かつての面影なんて感じさせないくらいに『男の人』になっている。

私の知らない『男の人』に。

「まさか、レイくんとビールを飲む日がくるなんて思ってなかったなー」

それが寂しいような、喜ばしいような。複雑な気持ちで呟《つぶや》く。

「泣き虫で三つ編みの似合うレイくんが、お酒を飲めるようになるなんて」

「何、また思い出話？」

前もそうだったけど、昔の話題を持ち出すとレイくんはこうやって不機嫌そうに突っ掛かってくる。

「言ったろ、思い出話なんて年寄りのすることだって」

「年寄り扱いしないでよ。一歳しか違わないって、自分だって言ってたくせに」

確かに年上だけど、そんな風に言われるほど極端に上なわけじゃないのに。

「でも、思い出話だってしたくなるよ、レイくん、本当にカッコよくなっちゃって。見違えた」

「だよな。あのままどんどん女寄りに成長しなくてよかったよ。程よく女受けするところに落ち着いたっていうか」

「それさぁ、この間もそんなようなこと言ってたよね？　すごい自信」

お酒が入って普段より饒舌《じょうぜつ》になっているからか、先日引っ掛かった部分も躊躇《ちゅうちょ》なく突っ込んでいくことができた。私がふざけて言うと、

「悪いけど、顔はよく褒められるから」

と、彼も飄々《ひょうひょう》として引かない。

「そういうときは、思ってなくても謙遜《けんそん》するものだよ。『そんなことないです』とか」

「だって、見たまんまのこと謙遜するほうがもっと相手に失礼だし」

「可愛くないなー。……あ、訂正。やっぱり顔は可愛いや」

「何だよそれ」

レイくんがおかしそうに笑う。いつもの、ちょっとクールな笑い方じゃなくて、両方の口角が上がって顔がくしゃっとなる感じの。

その顔に見覚えがあった。近所の子にいじめられて泣きじゃくっていたレイくんに、『もう大丈夫だよ、私がやっつけてあげるから』と声を掛けたときの、彼の安堵《あんど》した顔。

『ありさおねえちゃん、ありがとう』と言ってくれた彼の、可愛らしい笑顔と同じだ。

「……よかった」

思わず口にしてしまって、レイくんに怪訝《けげん》そうな顔で「え?」と訊《たず》ねられる。

「当たり前のことなんだけど……レイくんがね、私の中で急に大人になってしまった気がして、そういうレイくんに会えたのはもちろん嬉しいんだけど、ちょっと寂しい気もしたの。レイくんが、私の全く知らないレイくんになっちゃったように思えて」

「………………」

「でもね、今のレイくんの顔見てたら、ちゃんと昔のレイくんと今のレイくんはつながってるんだなって……。何か、そういう風に感じることができたの。ごめん、こんなこと言われても、どう反応していいかわからないよね」

歳を重ねれば重ねただけ成長していくのは当たり前のこと。私の勝手な感傷でうだうだ言われても、レイくんにはピンとこないだろう。

「十何年ぶりだもん、そりゃ変わるよね。……あ、一年前の優也の結婚式、レイくんは仕事で来られなかったんだよね。優也もそんな歳になったんだなって、そのときも感激したんだけど」

　変なことを口走ってしまった――という焦《あせ》りもあって、私は視線を伏せがちにしながら、早口でどうでもいいことをしゃべっていた。昔と現在の差にこだわっている自分が、妙に恥ずかしくて。

　ところが――

「俺だってびっくりしたよ。有紗が急に大人になってて」

　レイくんは手にしていたグラスをテーブルに置きながらそう言った。

「俺の知ってる有紗は、頼りになる姉ちゃんって感じで、他人へぶつかっていくのに臆病だった俺の代わりに、たくさん体当たりしてくれた。何か困ったことがあっても有紗なら必ず何とかしてくれるって、そう思えた」

　彼のほうを向くと、長い睫毛《まつげ》を伏せて何かを思い出すような仕草をしている。レイくんの脳裏《のうり》にも、幼いころの私が映し出されているのだろうか。

　ゆっくりと瞼《まぶた》を開けた彼と視線が交わる。目力のある瞳でそんなに見つめられたら私の顔に穴が開くんじゃないか、と思ったところで、レイくんがおもむろに口を開いた。

「……綺麗になったよね」

「えっ……」

レイくんの手が私の頭に伸び、今日は垂らしたままのパーマヘアをそっと撫《な》でる。手ぐしで優しく梳《と》かすように上から下に滑らせた。

「綺麗になった」

そして、同じフレーズをもう一度繰り返す。今度は、かみ締めるような言い方で。

「れ、レイくんには負けるよ」

「そうかもしれない」

照れ隠しで言った言葉があっさり肯定されてしまった。「もう！」と彼の胸を軽く押そうと片手を上げたら、不意にその手を掴まれた。

「きゃっ……」

「これ、ちょっと預かる」

そしてレイくんはそう言うと、掴んだ手とは逆側にある私のグラスを、空いたほうの手でひょいと持ち上げて、テーブルに置いた。

「零《こぼ》れたら困るから」

「どういう意味——ひゃあっ!?」

今度は両方の手首を掴んで、私を柔らかなソファの上に押し倒す。

えっ？　えっ？　何これ？

何が何だかわからなくなっている私をフォローすることもなく、彼は私を押さえ付けたままキスをしてきた。

「んっ――」

重なった唇の隙間からレイくんの熱い舌が入り込んでくると、ビールの苦い味がした。

「れ、レイく……ふぁっ、ちょっ……待っ……」

逃れようと必死に彼の胸を押す私と、私との物理的な距離を限りなくゼロにしようとする彼。辛《かろ》うじて唇が離れた隙に抗《あらが》う言葉を紡ごうとするけれど、上手くいかない。

「っ！」

意を決してレイくんの唇に歯を立てると、彼はうめくような声を上げて私の両手首を拘束する力を緩める。私はすかさず彼の手を振り払って上体を起こした。

「な、な、何考えてるのっ……！」

はぁはぁと息を切らしながら問い質すと、レイくんは痛そうに口元を拭っている。少し血が出たのかもしれない。

「キスしたいと思ったから、しただけなんだけど」

「開き直らないでよ。こういうのは相手の気持ちを確認してするものでしょ？　この間だって――」

訊《き》くなら今しかない。うやむやになってしまった、あのときのキスのこと！

「そうだよ、今回が初めてじゃないでしょ！　この間も、いきなりキスしてきたりしてっ」

「確認取ったらしてもいいの？」

「はあっ？」

この人、何を言ってるの？

「だから、確認取ったらさせてくれるの？　キス」

「さ、させるわけないでしょっ！」

即答した。確認を取られたところで『はい、いいですよ』なんて気軽に返事が出来るはずもない。

「何で？」

「何でって……か、からかったり、遊びたいだけなら他の人にしてよ。私はそういうの結構だからっ！」

私なりに導き出した答えを口にして、きっぱり拒絶する。

すぐこんな接触をしてくるってことは、レイくんは相当遊び慣れてるってわけで。だとしたら、ちょっとからかってやろうとか、久しぶりに会った私に出来心でちょっかいを出したとか。そんなところなのだろう。

「からかってるつもりも、遊んでるつもりもないんだけど。有紗はさあ、俺のこと、誰にでもこんなことするヤツだって思ってるでしょ？」

図星だった。けれど、その予想が外れている気はしない。

「違うの？」

「違うよ。有紗だからキスしたんだ」

「私だからって……」

そんな自信満々に言われても！

「ど、どうして付き合ってもいない人とキスなんてしなきゃいけないのっ！」

混乱していた頭の中から、やっと正当な理由を抽出することができた。

「じゃあ付き合ってみる？」

「付き合うって――ちょ、ちょっとっ⁉」

まだ少し血のにじむ唇をぺろりと舐めてから、レイくんが私の肩を強く押した。再び身体が後ろに倒れ、ソファに背を受け止められる。

「恋人だったら、こういうことしてもＯＫなんでしょ？」

私を組み敷いた彼が、ちゅっと音を立てて首筋にキスをした。それから鎖骨に向かい濡れた舌を這《は》わせていく。

「……っ、な、何言って……」

舌の感触に気を取られていると、またいつの間にか両手首をホールドされていた。

押さえ付けられる力を強く感じるのは、さっき彼を拒んだ時点でかなり体力を消耗していたからかもしれない。スラリとしている彼のどこにこんな力が隠されていたのだろう。こんなときになって改めて、彼が『男の人』なのだということを再認識した。

「有紗、もっと力抜いて。触れないいじゃん」

「むっ、無理っ……！」

「仕方ないな」

「あっ」

首筋から顎《あご》のラインをなぞり、耳たぶをぱくっと口に含まれる。そこを舐められたり吸われたりすると、否応《いやおう》なしに腕の力が抜けていく。

その隙を見計らっていたレイくんに、それぞれがっちり掴まれていた手を頭の上で一つにまとめられた。そして、空いたほうの手で、服の上から胸の膨らみを包むように揉《も》み込まれる。

「着やせするタイプ？」

「し、知らないっ……いいから、もうやめてよっ……！」

彼がそう訊《たず》ねたのは、トップスがややゆったり目のペプラムカットソーだからだろう。ウエストが絞ってあるデザインではあるけれど、ワイドな作りで凹凸《おうとつ》が目立たない分、身体のシルエットがわかりにくい。

「やめない。有紗だってこうなったら途中でやめられないって、わかってるくせに」

「ちょっ……！」

カットソーのひらひらした裾から片手を差し込まれる。下に着たキャミソールと肌の隙間を縫うように、レイくんの指先が上へ上へと進んでくるのがわかる。

くすぐったい。でもくすぐったがってる場合じゃない。身体をよじって抵抗を試みても、そんなのは何の妨《さまた》げにもならなかった。

「もういい加減に諦めて。疲れるでしょ？」

「……っ」

「俺のものになって、有紗」

「！」

意識が胸ばかりにいって無防備だった耳元に、甘いささやきが降りる。可愛らしい顔に反したセクシーな声に、頭がクラッとした。

ずるい。その声に弱いんだってことを多分彼は知っている。知っているからこそ、あえてそうしているに違いない。

ブラのカップ越しに触れる体温に、再び意識が胸へ注がれた。レイくんの手は、ブラのコットン地の感触を確かめるように、ゆっくりと膨らみの部分を撫《な》でている。たまに鎖骨のくぼみを掠《かす》めたり、カップの中に入って来そうになる指先を、私はまたも身体をよじって回避しようとする。

「だめだってば、レイくん――」

懇願《こんがん》するみたいに言った。

「あっ……！」

そうこうしているうちに、レイくんの指先がブラのカップの内側に辿《たど》り着く。とりわけ柔らかいその場所をこねるように撫でられて、背がしなる。同時に、鼻に掛かった声が微《かす》かにもれてしまう。

「何その声、エロいんだけど」

それを聞き逃さなかったレイくんは、忍び笑いをしながらそうやってあおる。

「っ、違っ――い、今のはっ……！」

「もっと聞かせてよ」

慌てる私の態度を面白がって、彼の指先が更に胸の膨らみをもてあそぶ。五本の指が直の感触を楽しむようにうごめくのを、私は唇を固く結んで耐えていた。

嫌悪感からではない。油断すると、またさっきみたいな声が零《こぼ》れてしまいそうだったから。

「我慢してるの？」

吐息がもれるのすら誤解されそうで、極力息を止めていたからだろう。身体を強張《こわば》らせている私に、少しつまらなそうな顔をした彼の手の動きが止む。

「仕方ないな――」

「……んんっ！」

もしや解放してくれるのでは――と期待した瞬間に、胸の頂きに何とも言えない甘美な感覚が走る。そこを優しく指の腹で転がされるたびに、抑えきれない声がまた零れた。

「お姉さんぶる割に可愛い声出すよね。……有紗さあ、もしかして嫌がるふりしといて、遠まわしに誘ってる？」

否定の意を込めてかぶりを振った。

少しだってそんなつもりはない。この場から逃げ出せないのは、レイくんに動きを封じられているからだ。彼だってそれをわかっているはずなのに。

「素直じゃないんだから」

からかうように言った彼の手が胸元からウエスト部分を撫《な》でて、引いていく。そしてそのまま、私がはいているジーンズのボタンに手を掛けた。

「な、何してるのっ……！」

「言ったじゃん、俺のものになってってって」

涼しい声で言いながら難なくボタンを外した彼は、続けてジッパーを下ろす。ジッ、と音がして、下腹部がスースーするのを感じた。

「やだ、やめてって！　シンくんとリョウくんに気付かれたら……！」

かった。


「無理。……いいから、力抜いて」

後戻りできないところまで来てしまった気がして、再び抵抗を始める。ジーンズを下ろそうとするレイくんと、それを拒む私。片手が塞《ふさ》がっているし、タイトなジーンズだから脱がせにくいはずなのだけれど、それでも力勝負になると敵《かな》わなかった。

膝上までずり下げられて、ラベンダー色のショーツが露わになる。

抗《あらが》う両手を押さえ付けつつ、下肢に伸ばされた手は縁のレースを辿《たど》るみたいにそっとショーツの上を這《は》う。生地の感触を確かめるような手つきが、下着の向こう側を探るみたいなものに変わると、直接触れられているわけじゃないのに、胸のときよりももっと鋭い感覚が身体を通り抜けた。思わず、すすり泣くような吐息がもれる。

「気持ちいいの？」

そんなわけない。だってこうなっているのは、私の意思じゃないんだから。

反発心から睨んでみるけれど、逆に加虐心《かぎゃくしん》をあおってしまったようで、ショーツの上を滑る指に緩急をつけられた。

「ここ、熱くなってきた。……直接触りたいな」

熱とともに、徐々に水気を帯びてきていると、きっと彼は気付いている。だからこそ下着を取り払って確かめたいのだろう。

──下着を脱がされて、直接見られる。そう思うと、羞恥心《しゅうちしん》で尚更身体に熱が上る。

小さいころは女の子みたいに可愛かったレイくんに、身体の自由を奪われてこんな恥ずかしいことをされているなんて、もう何がどうなっているのか。心がついていかない。

「！」

そのとき太腿《ふともも》に当たる感触に気付いて、混乱した思考を全て持っていかれる。

柔らかいスウェット地越しに感じる、硬くて熱を帯びたそれ。間違いなく、その──彼自身のたかぶりに違いない。

「意識しちゃった？」

意地悪く耳元でささやかれる。私のわかりやすい反応で気付いたのだろう。

「有紗に触れてたからこんなになったんだよ。……有紗も、触ってみる？」

……触ってみるって──まさか、えっ、ソレを!?

レイくんの手が私の片手を掴むと、そのまま彼の下腹部に導こうとする。

「だっ──ダメだってば、レイくんっ！」

そう叫んだのと同時にダイニングからギッと椅子を引く音がして、彼の動きが止まった。

私はレイくんの肩を押して慌てて立ち上がり、その勢いのまま衣服の乱れを直す。

「……んあー、ごめんごめん、また寝ちゃったー」

それまでの緊迫感を帳消しにしてしまうような、シンくんのとぼけた声。彼は私たちの間に起こった出来事など露《つゆ》ほども知らない様子で、のそのそとリビングへやってくる。

「大丈夫？　気分悪くない？」

私の声は少し震えていたかもしれない。

「うんうんー、お酒飲むとね、眠くなっちゃうんだよー。……おーいリョウくーん。おーきーてー。風邪引くよー」

私とレイくんがリビングにいることを確認したあと、シンくんは同じようにテーブルで撃沈していたリョウくんを起こしに、またダイニングへと戻っていった。

シンくんの間延びした呼びかけがこちらにも聞こえてくるなか、私はちらりとレイくんを見た。

彼は、獲物を取り逃がしてふてくされているオオカミみたいな顔をしている。

そしてこちらに視線を投げると、私にだけ聞こえるように、

「……絶対に、振り向かせてみせるから」

とつぶやいた。

「——お、おやすみなさいっ！」

どんな反応をしていいのかわからなくて、結局私は逃げ出すようにリビングを後にし、二階に続く階段をバタバタと駆け上がった。

リビングからシンくんが「もう寝るのー？」とかけてくれた声にも、何も答えることができない。

自分の部屋の扉を乱暴に開けて、閉めた。そしてその場にへなっとしゃがみこむ。

何なの。何なの。何なの。

左胸に手を当ててみる。心臓の鼓動がすごい。身体が熱い。

レイくんに触れられているときよりも、もっともっと速くなっている。ここ十分くらいの出来事が全部夢の世界で起こったことなんじゃないかと、むしろそうであってほしいと思った。

やっぱりレイくんがわからない。

彼が何を考えているのか、どうしたいのか。ちっとも理解できないよ！

ただ一つ確信したのは、この家の中で一番危険なのは、シンくんでもリョウくんでもなく、身内のレイくんだということ。

まだ引っ越し初日だっていうのに……こんな調子で、無事にシェアハウス生活を続けていけるのだろうか？

新しい生活への期待よりも不安の比重が大きくなるのを感じながら、三月最後の夜は更けていったのだった。

点《つ》けっ放しの明かりの下でも朝だと知ることができたのは、時計を見たからではなくて小鳥のさえずりが聞こえてきたからだ。

5

結局一睡もできなかった。ベッドや枕が替わったことも一因かもしれないけど、大きな原因はただ一つ。レイくんだ。

自分の部屋に戻ってきた私は、そのあと蛍光灯をつけたままベッドに潜りこんだ。

寝るときには部屋を真っ暗にしたいタイプの私がそうしたのにはわけがあって、もしかしたらレイくんが夜這《よば》いにくるんじゃないかと案じたからだ。とはいえ、私がシェアハウスのメンバーに加わるにあたり、全員の個人部屋には内鍵が取り付けられた。見知らぬ二人との同居に難色をしめした私への配慮だ。真新しいそれを当然ながらバッチリ掛けているのだけれど、この内鍵を付けたのは他でもないレイくんである。彼は合鍵を持っているだろうから、レイくん相手にこの鍵は役に立たない。

それならば、今私が出来る唯一《ゆいいつ》の抵抗は、部屋を明るくしておくことだけだ。明かりが点《つ》いていれば、向こうも私が起きていると思って、下手に侵入してこないだろう。

——午前五時すぎ。

私の読みが当たったのかはわからないけど、こうして無事に朝を迎えられてひとまずホッとする。

……でも、今から寝るのはちょっと微妙かなあ。それならいっそ起きたほうがいいだろうか。

うん、今日から新しい職場で働くんだし、ちょっと早めに支度して、余裕を持って初仕事に向かおう。

まずはお風呂だ。昨日は入るタイミングがなかったから、ゆっくりリフレッシュさせてもらうとしよう。私は布団をはいで起き上がると、お風呂を沸かすために一階のバスルームに向かった。まだ眠っているだろう三人を気遣い、なるべく足音を立てずに歩く。

一階の一番奥——ちょうど、私の部屋の真下にあたるのがバスルームだ。そっと扉を開けると、左手側に洗面台と洗濯機のある脱衣スペースが、右手側には浴室に続く中折れ戸がある。

……あれ？

この時間なのに、浴室の明かりが点灯している。

昨夜、誰かが消し忘れたのだろうかと思いながら、樹脂パネルの中折れ戸を押し開けた……ら。

「っ!?」

バスタブに張った乳白色のお湯に、シンくんが浸《つ》かっていた。

「いやーん。えっちー」

シンくんは私と目が合うと、ニッと笑って言った。台詞《せりふ》に反して、言い方はちょっと嬉しそうだった気もする。

「ごっごめんっ！」

私は慌てて戸を閉めた。覗《のぞ》くつもりなんて全然なかった。というより、誰かが入っているかもしれないという可能性を全く考えていなかったのだ。

「あははー、いいよ別に慌てなくて。それよりさー、暇だからちょっと話し相手になってくれるー？」

「暇……？」

「お風呂はぬるめのお湯で一時間って決めてるんだよねー。あと十分くらいでいいからー」

暇なら早く出たらいいのにと思ったけれど、そういうことか。

「扉越しだと聞こえづらいし、他の人たちが起きてきちゃうかもしれないからー、普通に開けていいよー？」

「はぁ……」

まだシンくんとの会話に付き合うとは言っていないのだけど、本人は私で暇を潰す気満々みたいだ。まあ別段やることもないしと、私は大人しく中折れ戸を開けた。

シンくんはほぼさっきと同じ姿勢でゆったりとお湯に浸《つ》かっている。

「随分長いこと入るんだね、お風呂」

「肌のためにねー。代謝良くしておかないと調子悪くなるからー」

「それって、今日が撮影だから？」

「いやー、その時々でやってたって間に合わないからー。習慣よ習慣」

言われてみれば、彼の肌は手入れが行き届いている感じがする。

……男性のシンくんに女子力で負けている。少しへこんだ私をよそに、彼は普通に訊《き》いてきた。

「そーだ、有紗っち。ちょっと気になったんだけどさー」

「何？」

「レイちゃんとは、本当にただの従姉弟《いとこ》なのー？」

その言葉が持つ意味を理解するのに少し時間が要《い》った。

「どうしてそんなこと訊くの？」

「えーだってー、ただの従姉弟だったらキスなんてしないじゃんー？　その先のスキンシップもさ」

「なっ、何でそのこと知ってるのっ⁉」

「何でって言われてもー、オレたちが寝てるところで始めたのはそっちじゃーん。何それズルーいって思ったから、つい邪魔しちゃったよぉー」

彼は洗い場側に身体の向きを変えて、あぐらをかく姿勢になった。そして浴槽の縁に両手を重ね、その上に顎《あご》を乗せつつ楽しそうに言う。

「ま、まさかリョウくんも……？」

「ううんー、お疲れモードだったから多分ガチで寝てたよー」

「そ、そう……」

被害は一応、最小限だったらしい。これでリョウくんにまで見られていたら気まずすぎる。

「でさー、話戻るけど、レイちゃんの彼女とかなの？」

「かっ、彼女っ⁉　ないないいっ」

勢いよく手を振って即答する私に、シンくんはあからさまにつまらなそうな顔をした。

「そーなのー？　ちぇっ、なーんだあ。スクープかと思ったのにー」

「スクープって……」

「ならお酒の勢いってやつだったのかなー。レイちゃん、そういうタイプでもなさそうなのに……ねー、そーなの？」

「しっ、知らないっ、私だってわかんないよ」

それが本心だった。私だって、レイくんがどんなつもりだったかなんてわからない。ましてや——

『……絶対に、振り向かせてみせるから』

あの言葉がどんな意味を持つものだったのかなんて、わかるはずがない。

「んー。よくわかんないけど複雑なんだねー」

「きゃっ！」

ザバッという水音と共に彼が急に立ち上がる。私は慌てて後ろを向いた。

「ちょっと、上がるなら上がるって言ってよっ！」

「あーごめん、上がりまーす。シャワー浴びるね」

ちっともごめんと思っていないような声音《こわね》だった。中折れ戸を閉めると、すぐにシャワーの流水音がする。

「そーだ有紗っち。朝ごはんは何なの？　オレ、朝から重いのは苦手だから簡単なのでいーよー？」

そのシャワーの音に交じって聞き捨てならない台詞《せりふ》が聞こえてくる。

朝ごはん？　え？　何それ？

「今まで男三人だったからさー、ほーんとロクなもの食べられなかったんだよねー。女の子がいると食卓が華やかになるだろーなと思って、楽しみにしてたんだあー。期待してるねー」

えっえっ。これってまさか、私が作らなきゃいけない感じなの？

そういえば食事のことなんて何も考えてなかった——と思ったのと同時に、食費についての誰かの発言が頭を掠《かす》めた。

水道光熱費と食費は割り勘。同じ家に住んでいるのだから前者は当たり前のこととして、どうやらこの家ではなるべくみんな一緒に食事をとるという習慣があるらしい。

「あ、先にお風呂だよねー。ごめーん、早く出るからー」

——シンくんと入れ替わりに浴槽に浸《つ》かりながら、さて冷蔵庫の中には何があっただろうかとか、お米やパンは常備されているのだろうかとか、朝食のことばかりが頭の中を回っていた。

結局それが気掛かりで、リラックスもリフレッシュもできないままに入浴を終えた私は、朝の一仕事をこなしにキッチンに向かったのだった。

正直なことを言うと、料理は苦手だ。ううん、苦手という言葉もしっくりこない。あまりやったことがないというほうが正しい。

母親が料理上手なおかげで食べるのは大好きだけど、その分自分で作ってみようという発想にはならず、仕事が忙しくなってからはその時間もタイミングも見つけられなかったから。

「う、うわー。美味《おい》しそうー」

シンくんの上ずった声がダイニングテーブルで響いた。トーストと、プレーンオムレツにベーコン。それにオニオンスープ。

メニューの名前だけなら、スタンダードかつ優秀な朝食に聞こえる。けれど、トーストは焦げ、プレーンオムレツは綺麗にまとまらずスクランブルエッグを通り越して炒《い》り卵のようになり、ベーコンはカリカリを通り越して炭のように黒くなった。

唯一《ゆいいつ》の救いはオニオンスープで、買い置きしてあったインスタントのものなので、良くも悪くも決まった味。

きっとシンくんは、私に朝食の話を振ったことを後悔しているだろう。このありさまでは、男三人のほうがずっとマシだった、と。

でも、準備期間もなく、スマホでレシピを検索して一発勝負で作った割には、悪くないはず。むしろ何を作ったかわかるだけいいほうなのだ。私の料理の腕前からすると……

「……いいよ、シンくん。わかってるから」

無理矢理褒められても心が痛い。

変に気を遣われるよりも、ズバッと本音を言われたほうがマシだった。

「あ、いや、でもスープは美味しそうだよ？」

「それ、お湯注いだだけだから」

「…………」

リョウくんがフォローを入れてくれたみたいだけれど、事実を告げると黙ってしまう。シンくんとリョウくんが目で会話を始める。どうする。どうしよう。と。

「胃に収まれば全部同じだろ」

異国の気が進まない料理に向ける眼差しで、オムレツ（仮）とベーコン（だったもの）が乗ったお皿を見ていた二人をよそに、レイくんは文句を言わずに手を合わせて箸を取り、オムレツを口に運んだ。

「わ、私が作っておいて何だけど、無理しなくていいんだよ」

「見た目が極端に悪いだけで、味はそこまで悪くない」

言いながら続いてベーコンを前歯でかみ切ると、まるでお煎餅《せんべい》をかじっているような硬い音がした。

うう。普段はハッキリとものを言うレイくんにまで気を遣わせてしまうなんて。『本当にごめん』と、心の中で何度も手を合わせた。

「でーも有紗っちが料理苦手なのはちょっと意外だったなあー。それならそう言ってくれればよかったのに、さっきは何で黙ってたのー？」

「……うっ」

シンくんが訊《たず》ねた言葉に、私は答えられなかった。

自分でもそう思う。出来ないなら出来ないと素直に言えばよかった。

……いや、やっぱり言えない。女子力の低さを自覚した後に料理の話題を振られたものだから、何とかそっちでカバーしたいと思ってしまったんだ。つまらない見栄だけど。

「ま、やってくうちに慣れるから。僕も料理は全然だったけど、実家を離れてからはちょっとしたメニューならありもので作れるようになったからさ」

「そ、そっか、そうだよね」

情けない。年下の男の子でさえ当たり前にこなせることなのに。

リョウくんに慰められつつ、私も箸を手にして卵を口に運ぶ。火を通しすぎた卵は見た目以上にぼそぼそしていた。

「それより有紗。あんまりゆっくりしてると、会社に遅れる」

「あっ」

そうだった。朝から敗北感にうちのめされそうになっている場合じゃない。本番はこれからなのだ。

私たちは手早く食事を済ませると、支度を整えて家を出た。

クリエイティブ・デザイン部のリーダーである甲斐《かい》さんは、物腰の柔らかい、穏やかな男性だ。

面接のときにも少しお話ししたけれど、こちらの投げたボールをしっかり受け止めて、かつ優しく投げ返してくれた。こういう人が上司だと仕事も頑張りがいがあると素直に思える人だった。

「で、こっちが君の同僚になる黒須恵《くろすめぐみ》さんね」

ワンフロアの中に全ての部署が収まる、その一角。自分のデスクの場所に案内された際、甲斐さんは、私が座ることになる席のとなりの席にいた女性を紹介した。

その女性は、作業の手を止めて椅子ごとこちらに振り返り、頭を下げてくれる。

「どうぞよろしくお願いします」

年はおそらく私と同じくらいだろう。緩くウェーブのかかった黒髪やナチュラルで色のないメイクが少女のような印象を抱かせるけど、話し方や仕草は外見とは違い大人っぽい。この一言だけでも、しっかりした人だなあということが伝わってきた。

「藤堂有紗です。こちらこそよろしくお願いします」

「わからないことがあったら、黒須に訊《き》くといいよ」

「わたしでよければ、何でも訊いてくださいね」

「ありがとうございます」

「藤堂さんは経験者だから、逆に黒須が教わることのほうが多かったりして」

「やだ甲斐さん、有り得る話ですから、あまりプレッシャーかけないでくださいよー」

「そんなことないですっ。いろいろ教えてください」

冗談っぽく笑いながら会話をする二人の横で、私は改めて頭を下げた。

「……そういえば、藤堂さんは営業部の神村くんの紹介で面接受けたんだよね？」

甲斐さんが思い出したようにそう言ったので、「はい」と頷《うなず》く。

「――お、噂をすれば、だ」

彼が視線を前方に送った。他部署との境界線の役割を果たしている大きなコピー機の陰から、黒のスーツに身を包んだ美青年がやってくる。レイくんだ。

「お疲れ様です、甲斐さん」

「神村くん、お疲れ様。今ちょうど、君の名前が出たところなんだ」

「そうなんですか？」

レイくんはそう言って私と黒須さんのほうを見た。二つの大きな瞳と、一瞬目が合う。スーツを着ているとまた雰囲気が違うなと思う。あどけなさの残る顔立ちがピシッと締まって、これはこれでカッコいいかも。上品なレジメンタルストライプのネクタイも、ところどころ可愛らしいドットが入って、オシャレな印象だ。

「神村にこんな素敵な女性の知り合いがいたなんて、知らなかったなあ」

「もうっ、レ――か、神村くんっ」

黒須さんが私とレイくんとを見比べて言ったのを、レイくんがいつもの調子で肯定する。

「ああ、素敵だろ」

私は普段通りに名前呼びしそうになるのを堪《こら》えつつ、慌ててレイくんをたしなめた。

「黒須とは同期なんだ。悪くないヤツだから、いろいろ聞くといい」

「悪くないって何よー。偉そうに」

なるほど。だから黒須さんは他部署のレイくんを呼び捨てなのか。

同期の気安さなのか、レイくんと話しているときの黒須さんは、さっき話したときよりもぐっと幼く見えた。仲いいんだなあ。

「――で、神村は何しに来たのー？　何か資料でも取りに来た？」

「いや」

レイくんは再び私を一瞥《いちべつ》してから、

「黒須、藤堂さんのことよろしくな。……甲斐さんも、どうぞよろしくお願いします」

と、黒須さんと甲斐さんに頭を下げる。

「はは、わかってるよ、神村くん」

「言われなくてもよろしくするって。心配しないで」

二人がそれぞれ快《こころよ》い対応をしてくれると、レイくんは心なしかホッとしたような表情になった。

……もしかしてレイくん、わざわざ私の様子を見に来てくれたのかな？

「それじゃ、俺はこれで。取引先に行ってきます」

すぐに普段通りのクールな顔に戻った彼は、軽くお辞儀をして踵《きびす》を返した。

「へえ～……」

レイくんがデスクに戻る背を見つめながら、黒須さんは感嘆した様子で口を開いた。

「ねえ、藤堂さん、神村とはどういう仲なんです？」

「えっ？　どういうって……」

「だってアイツ、あんな風に誰かのことで頭を下げることなんてまずないから。ねえ、甲斐さん」

「うん、そうかもしれないね――まさかとは思うけど、カノジョとか？」

「いっ、いえ、まさか」

今朝のデジャヴ。普通に否定すればいいのに焦ってしまったのは、昨日の出来事が頭をよぎったせいだ。

「何だ残念、違うんですねー。もしかしてって思ったのに」

「えっと、古くからの知り合い……っていうか」

言葉とは裏腹に何故《なぜ》か嬉しそうな黒須さんを不思議に思いつつも、私はしどろもどろに答えた。

この辺りのことをまだレイくんとは打ち合わせをしていなかったんだった。他部署とはいえ、彼に断りなく従姉弟《いとこ》だと打ち明けるのはよくない気がして、決して嘘ではない言い方で返す。

「だとしたらよっぽど大事な知り合いなんだろうね」

今度は甲斐さんが言った。

親戚なんだから間違ってはいない表現だが、まだレイくんの唇や手のひらの感触が残っている私には、またドキッとさせられる言葉だった。

大事な知り合い、か。

本当にそう思っているなら、いきなり襲いかかってくるような真似はしないと思うのに。

今日の朝だって、慌ただしさのあまり互いに昨日のことには触れず、それっきりになっている。

レイくんにとっては、別に意識するようなことじゃないのかもしれないな。

……それでも。二人の言う通り、もし私を気にしてやってきてくれたんだとしたら、素直に感謝しておこう。

「けど、藤堂さん、気を付けて下さいね」

黒須さんが真面目なトーンになって言った。

「神村、あの見た目な上に仕事出来るから、狙ってる子多いんですよ。だから、知り合いだってだけでも、やっかんでくる子がいるかもしれません」

「ああー、評判いいよね、彼。取引先でも女の子がアピールしてくるっていう話、営業チーフから聞いたことあるよ」

それは甲斐さんの耳にも届いているらしい。彼も「聞いた聞いた」とばかりに頷《うなず》いてみせる。

「本人は興味無いって感じで取りあわないみたいなんですけどね。……あ、そうだ、狙ってるといえば、綾瀬もですよね」

聞き覚えのある名前が出て来て、私は先を促《うなが》すように彼女を見た。

「営業部でよく神村とつるんでる綾瀬涼っていう男も、同じように女子からの人気が高いんですよ。綾瀬は神村よりも親しみやすいノリなんで、優しくていいよねって」

「そうなんですね」

レイくんと黒須さんが同期ということは、リョウくんとも同期ということか。

女子社員の注目をさらう二人と一つ屋根の下だなんて、彼女たちが聞いたら卒倒ものなのだろう。

幸い、彼らが会社に届けている住所は、あのシェアハウスではなく、それぞれの実家らしいので、私が口外しなければ感付かれることはなさそうだ。黙っておこう。

「社内の人間のことはおいおいわかってくるさ。……ということで藤堂さん、業務の前にPCの設定を済ませたいんだけど、いいかな？」

「はい、お願いします」

咳払いをした甲斐さんに向き直り、気持ちを仕事モードに切り替える。デスクに向かい彼の指示通りにパソコンの電源ボタンを押し、起動の間、簡単な質問に耳を傾けたり、答えたりした。

◆◇◆

「お疲れ様、今日はもう上がっていいよ」

手始めにこういうものを——と、頼まれていたバナー制作を終わらせて提出すると、甲斐さんが手元の時計を見て言った。

私も左腕の時計に視線を滑らせる。気が付いたら、定時である午後五時を過ぎたところだった。

「ありがとうございます」

前の事務所はなかなか定時で上がれることがなかったので、ちょっと拍子抜けしたけれど、きっと初日だからという配慮なのだろう。明日からの頑張りをチャージするためにも、お言葉に甘えて上がらせてもらおう。

パソコンの終了作業を進めていると、キーボードの脇に置いていたスマホが震えた。

確認してみると、リョウくんからのメールだった。

『そろそろ上がりの時間？　今日は早めに帰れるから、よかったら駅から一緒に帰らない？』

シェアハウスの三人とは、何かあったときのために連絡先を交換してある。

レイくんもそうだったように、彼も私の初仕事を心配してくれているのだろうか。

一緒に行動しているところを見られると面倒かなと思ったけど、おそらくリョウくんのほうもそれを考慮した上でわざわざ『駅から』と書いてきたのだろう。

私はＯＫの旨《むね》を送り返すと、荷物をまとめて席を立った。

「また明日もよろしくね」

「藤堂さん、お疲れ様ですー」

「こちらこそ。お先に失礼します、お疲れ様でした」

甲斐さんや黒須さんと挨拶《あいさつ》を交わして会社を出た私は、追加で届いたメールで指定された、リョウくんが待つ駅のホームへ向かった。

まだピークの時間を前に人もまばらな駅の改札を通り、後方車両の乗り場に急ぐ。

「お疲れ様、有紗ちゃん」

三つの椅子が連なったベンチに掛けていたリョウくんが私を見つけて立ち上がり、軽く手を上げた。そのスーツ姿は、むしろこちらが私服なのではと思うほど、彼の真面目そうなイメージに合っている。

「ごめんね、帰りがけに呼び出して」

「ううん。……リョウくんは取引先からの帰り？」

リョウくんに促《うなが》されるまま、白いラインの内側を歩きながら訊《たず》ねる。

「そう、スムーズに終わってね。レイジロに頼まれてたし、有紗ちゃんと帰ろうかなって」

「レイくんに……？」

「ほら、アイツ今日飲み会だから――って、知らないか。帰り遅くなるから、有紗ちゃんのこと気にしておいて欲しいって言われてたんだ」

リョウくんがそこまで言うと、ホームに電車が入って来た。

「……何て言うか、過保護だよね」

「ご、ごめんね」

新卒の新入社員でもあるまいし、と思ったのだろう。でも彼はすぐに首を振った。

「いや、僕は別にいいんだけど。……アイツがそんな風に誰かを気にするのって、あんまりないから。自分は自分、人は人ってところがあるからさ」

黒須さんも同じことを言っていたのを思い出す。同期の二人がそう言うなら、レイくんは会社でもクールなのだろう。

乗り込み口の脇で降車する人たちをやり過ごし、車内に吸い込まれる私たち。

「だから、僕としては本当にただの従姉弟《いとこ》なのかって疑っちゃうんだよね。ひょっとして彼女なんじゃないかとか」

並んでドアの傍に立つと、リョウくんは冗談めかして言った。

「リョウくんまで」

三回目はもう驚かなかった。私は小さく息を吐いて続けた。

「あのねえ、従姉弟は従姉弟よ。それだけ」

歳が近いからって、みんなは何で私たちをくっつけたがるんだろう。

「それにね、リョウくんやシンくんと初めて会ったあの日に、レイくんとも久しぶりに再会したの。お互いを知る時間だってほぼなかったんだから、それ以前の問題だよ」

「ふうん。それが有紗ちゃん側の認識か」

「何それ」

私側も何も、事実でしかない。私が突っ掛かると、リョウくんは「別に」と微笑んで、手すりに掴まる。

「……そういえば、仕事の感触はどうだった？」

「うん、一通り経験あるし、やっていけそう。同じ部署の甲斐さんも、黒須さんもいい人だったよ」

「甲斐さんのことはあんまりよく知らないけど、メグは同期だから保証するよ」

「うん、黒須さんに聞いた。レイくんのことも、リョウくんのことも」

「僕らのこと？」

きょとんとした顔でリョウくんが訊《たず》ねる。

「社内でモテてるらしいじゃない。二人とも女の子に人気があるって」

「メグってばそんなこと言ってたんだ」

「でも何となくわかるなー。レイくんはあの見た目だし、リョウくんは誠実さが顔に滲《にじ》み出てるもんね。スーツも似合うし」

「スーツ関係ある？」

リョウくんがぷっと噴き出す。

ありますとも。安心感というか安定感というか、頼りがいがあるように見える。レイくんもシンくんも掴みどころがなくて困る部分があるけど、リョウくんは地に足がしっかりついてる感じ。

「ま、でもそれならよかった。ちゃんと僕の思惑が功を奏《そう》してるわけだもんね」

えっ――とリョウくんの顔を見上げる。

「どういう意味？」

「結局、優しくて誠実ってタイプが一番好感度が高いってことさ。普段からそうやって自己プロデュースしておくと、いろいろと上手く回るんだよ」

「はい？」

「社内での評判って重要でしょ。……だからって、僕は同じ会社や取引先の女の子に手を出したりはしないけどね。そういう噂ってすぐ広まるし、好きに遊べないから」

いつもと同じ朗《ほが》らかな笑顔のまま、とっさに理解できない言葉を重ねてくる彼。え。え。リョウくんってそういう人なの？　計算ずくでいい人を演じてるタイプ？

「だから、レイジロに頼まれたとはいえ、僕がこうやって有紗ちゃんに構うのも……下心があってのことかもしれないよ？」

「もう、リョウくんっ！」

「あはは、冗談だよ冗談、そんな本気にしないでって。有紗ちゃんは同じ社の人間になっちゃったし、どっちにしろ手は出せないもの」

「………」

彼が冗談で言っただろうことくらいはわかってる。

それでも、むきになってしまったのは――冗談なのか本気なのか、よくわからないテンションで迫ってくる人間がいるからだ。

リョウくんだけはマトモだと思ってたけど、そんなことなかった。やっぱり神村家に住む人間はみんなどこか変わっているのだ、と身体から力が抜ける気がした。

昨晩、寝ていなかったのを思い出し、ドッと疲れが押し寄せてくる。その後は、露呈した腹黒さを感じさせない、当たり障りのない会話が続いた。

電車を降り、門灯に照らされた神村家の表札を目にするころには、眠気がピークに達していた。

とりあえず、今日はゆっくり休もう。

そう強く誓って、私はリョウくんとともに帰宅したのだった。

6

四人での新生活は、私の懸念《けねん》に反してそれほど悪くはなかった。

嫌々ながら共同生活を始めたわけだけど、様々な角度から彼らの人となりを知っていくうちに考えを改めた。確かに異性だけど、当初彼らが言っていたように、弟たちと同じ距離感で接すればいいのだ。そう思えるようになり、必要以上に警戒することもなくなっていった。

レイくんに関しても同じ気持ちだった。あのキスや思わせぶりな台詞《せりふ》には何の意味もないのだと結論付けてしまってからは、相手にせずあしらうという技を覚えたし、それ以前に彼とはなるべく二人きりにならないよう努《つと》めた。例えば、なるべくリビングでみんなと過ごすとか、リョウくんやシンくんがいないとわかっている時間帯は自分の部屋にこもるようにするとか。

彼のほうもあれ以降、強引に迫ってくるようなことはない。私がそういうタイミングを避けるように心がけているとはいえ、同じ家に住んでいるのだし無理矢理機会を作ろうと思えば出来ないわけじゃない。

となるとやっぱり、出来心だったのだ。

キスもそうだし、引っ越してきた日の夜に押し倒されたのもそう。あれはきっと酔っていただけ。

真面目に受け取らずに本当によかった。私も失恋したてでまだ心が弱っていたのかもしれない。あの出来事は事故みたいなもの。忘れよう。

新しい家や職場に慣れ、いつの間にかカレンダーの日付は五月の中旬を示していた。

毎朝六時に起きる私の一日は、手早く洗顔やメイクを済ませ、みんなの朝食を作るところから始まる。

相変わらず料理は苦手だけど、リョウくんやシンくんに「料理は慣れだ」と散々吹き込まれたので、自分のためにも食事は私が担当する流れになったのだ。

最初の一週間は、穴があったら入りたくなるくらいの酷《ひど》いものしかできなかった。けれども、休日に本やレシピを読み漁《あさ》り、気に入ったものを作っていくなかで、「美味《おい》しい」と褒められる日も増えていった。

「おはよー、有紗っち。今日の朝ごはんはなーにー?」

私の次に起きてくるのは、自前のバスローブを羽織《はお》ったシンくんだ。

いや、正確に言うと彼は一番最初に起きている。だけど、朝食までの一時間を浴室で過ごしているため「次にダイニングに現れるのは」と表現したほうがいいか。

「おはよう。今日はね、フレンチトーストとサラダ」

「おおー。なんかカフェっぽーい」

シンくんはノリよく感心してくれるけど、硬くなりはじめた食パンはこうやって食べるといいのだという料理本のコラムからの入れ知恵だったりする。

「ごめん、もうすぐ出来るから、冷蔵庫からヨーグルト出しておいてもらってもいい?」

「おっけー」

私がフライパンの上で焦げ目のついた半切れの食パンをひっくり返して言うと、シンくんは親指と人さし指の先を丸めてOKサインを作り、カウンターの内側に入ってきた。

彼はCMでよく耳にする曲の鼻歌を歌いながら、四人分のヨーグルトを重ねて抱える。それから私のほうを向くと、くんくんと鼻を鳴らした。

「甘くていい匂いー。ちょっとプリンっぽいー」

「材料、似てるもんね」

卵と牛乳と砂糖の焼けた匂いは、確かにプリンを思わせた。笑い交じりに答えながら、白いお皿に二切れずつパンを盛り付け、フライパンにすぐにまた新しい食パンを敷いて焼き始める。

「最初はどうなることかと思ったけど、有紗っち、メキメキ上達したよね、料理」

調理する私の姿を見つめながら、しみじみとシンくんが言う。

「私、おだてに乗りやすいんだよ」

「いやいや、そういうんじゃなくてー。ホントにさー。料理の才能あるんじゃないのー？」

「あるなら最初にあんな酷《ひど》いの出したりしないでしょ」

「もー、本音なのにー」

シンくんはすぐそうやって持ち上げようとするんだから。

ようやく普通の女の子と同じくらいの水準に達したに過ぎないのはわかっている。慢心しないように自分を戒《いまし》めつつ——そうだ、シンくんに会ったら言わなきゃいけないことがあったんだった。

「ねえねえ、洗濯物なんだけど、前に色モノは分けて出してって言ったよね」

「あーごめんー。一緒に出しちゃってた？」

「うん。気付いたときは私が分けられるからいいんだけど、うっかり回しちゃったあとだと遅いから。よろしくね」

「はーい。ごめんなさーい」

キッチンを取り仕切るようになってから、どういうわけか洗濯機を回すのも私の仕事になっていた。とはいえ、日々の洗濯物には下着というとってもプライベートなアイテムも交じっているわけで、そういうものは各自で洗ってもらっているのだけど。逆に言えばそれ以外は全て私が洗って、干して、取り込んで畳むということ。これが結構、手間なのだ。

八時半までに家を出れば余裕を持って会社に到着できる私が、出勤時間の二時間以上前に起床するのは、そこにも理由がある。

朝食を作る合間に洗濯機を回し、食事が終わったら洗濯物を干す。干し終わったら食器を洗う――と、滞《とどこお》りなく進むように朝のスケジュールを組んでいる。

気分は姉を通り越してお母さんだ。子持ちのママもこんな風に慌ただしく一日の始まりを過ごしているのだろう。そう考えると、大変だなぁと脱帽する。今までいかにそういう苦労をしてこなかったかということが嫌でもわかってしまって、「お母さん今までごめんなさい、そしてありがとう」と心の中で何度も頭を下げる日々だ。

「おはよう、有紗ちゃん、シン」

次にダイニングの扉を開けるのは、リョウくん。

紺のボーダーシャツと黒いスウェットは部屋着兼パジャマらしい。あくびをしながら私とシンくんに声を掛ける。

「あ、おはよう、リョウくん。ご飯、すぐ出せるから待ってて」

「今日はフレンチトーストだってさー」

「いいね。カフェっぽくて」

「シンくんと同じこと言ってる」

ついさっき、そっくりそのまま同じフレーズを聞いた。指摘して笑うと、まだ眠いらしいリョウくんが、目元をこすりながら「えー」と不満げな声を出した。

リョウくんの眼鏡が伊達《だて》だと知ったのは、同居を始めて二、三日経ったあと。毎朝眼鏡を掛けずにダイニングへ現れる姿に疑問を抱いて、訊《き》いてみたのがきっかけ。

『眼鏡が似合う顔だし、真面目に見えるから』っていうのと『女子受けしたいから』っていうのが理由らしい。誠実そうに見えてとんだチャラ男だ。

休みの日はよく女の子の友達と出かけているらしい。彼女ではなく、友達。ここがポイント。

彼は彼女を作らない主義なのだという。冗談で「彼女は何人いるのー?」なんて聞いたときに発覚したのだけど、そもそも特別な相手を作るという概念がないらしい。『僕、そのうち「付き合う」とか、そういう言葉はなくなると思ってるんだよね』とか真顔で言っちゃうあたり、ちょっと、いや、かなりヤバい気がしている。これには一緒に聞いていたレイくんやシンくんも引いていたから、私の感覚は間違っていないはず。

新たに焼き始めたパンの両面に綺麗な模様がついたころ、またダイニングの扉が開く。最後にやってくるのはレイくん。いつもきっちりとスーツに着替えてから朝食をとる。リョウくんとは支度の順序が逆のようだ。同じ職場の同じ部署なのに面白い、と思う。

「レイジロ、おはよう」

リョウくんがダイニングの定位置に腰を下ろしながら軽く手を上げる。

「ねーレイちゃん、今日はフレンチトーストだってさー」

「ふうん、そう」

「ちょっとー、そこは流れで『カフェっぽい』って言ってくれないとー」

「はあ?」

意味がわからないとばかりに眉間に皺《しわ》を寄せている。そりゃそうだろう。

朝からテンション高めなシンくんと違い、レイくんはまだエンジンが掛かっていない状態。でも、ちょっと不機嫌そうにしていても、顔立ちのせいか可愛らしいなと思えるのがすごい。

リョウくんの逆、で思い出したけど、意外と——という言い方は失礼なのだけど——この三人のなかで一番真面目なのはレイくんだ。

彼はあのルックスにもかかわらず、こちらが心配になるくらい女っ気がない。

取引先との飲みや残業のとき以外は必ず家に直帰するし、当然誰かを連れ込んだりということもない。土日も仕事のことが多いけれど、休みで出かけていたとしても夕食までには帰宅する。今は本当にフリーのようだ。

そんなんだから、手近にいる私にちょっかいかけたりしたくなるんだよ、と毒突《どくづ》きたくなる。暇つぶしで迫られる身にもなって欲しい。

「レイくんおはよう。ちょうど出来たところだから」

出来立ての朝食を二回に分けてテーブルに運ぶ。

白いお皿に、フレンチトーストとココット皿に盛り付けたコールスローを乗せ、カットしたイチゴを彩りに添えたワンプレート。一人分だったらレイアウトなんて絶対気にしないところだけど、仮にも男の子たちに作る料理だし、私も凝り始めたら楽しくなってしまった。

「わー、有紗っちすごいじゃーん。これ、ホントにカフェだよカフェ」

テーブルに置くより先に私の手元を覗《のぞ》き込んだシンくんが大げさに言う。

その声に惹《ひ》かれたらしいレイくんやリョウくんもテーブルの上に視線を注いだ。

「どう？　今日の朝ごはん」

「想像以上。有紗ちゃん、美味《おい》しそうだよ」

リョウくんの反応に満足して、今度はレイくんを見た。初日こそ温厚な対応で気遣ってくれたものの、実は食事のクオリティに一番厳しいのがレイくんだ。ご意見番からの評価が気になる。

「いーじゃん。毎日こういうのが出てくると完璧なんだけど」

ご意見番は眉を上げて小さく笑った。

「これからはそうなる予定ですから」

いつもながら高飛車な物言いがちょっと気になるけど、好感触なのは素直にうれしい。

私はキッチンに戻ると、ケトルで沸かしていたお湯でインスタントコーヒーを二杯分作りつつ、冷蔵庫から野菜ジュースとミルクを取りだして、それぞれグラスに注いだ。

レイくんはホットコーヒー、シンくんは野菜ジュース、リョウくんはミルクと、みんな朝の一杯が違う。私は基本的に何でもいいので、気分によってそのうちのどれかをチョイスすることにしている。今日はレイくんと同じコーヒーにした。

トレイにカップとグラスを乗せて再びテーブルまで戻り、それぞれの傍に置いていく。

「ありがとー。なーんか有紗っちって、お母さんみたいだよねー。いちいち言葉にしなくてもわかってくれるってゆーかー」

「お母さんって歳にしないでよ」

私もちょっとそう思っていたけど、改めてお母さん扱いされると複雑だ。

「えーとえーと、じゃあ、寮母さんとかー？」

「大して変わってないだろ」

リョウくんがすかさず突っ込む。本当だよ、お母さんと年齢的に大差ないじゃないか。

「なら下宿屋のおばちゃんー？」

「むしろ年齢上がってるし」

今度はレイくんが突っ込む。

「シンくん、私をおばさん扱いしたいだけでしょ」

私もカトラリーを用意しながら口を尖《とが》らせた。

「別にいいよ、寮母さんでも下宿屋のおばちゃんでも、田舎のおばあちゃんでもさ。ほら、食べよ食べよ」

私とレイくんが並んで座り、向かい側にシンくんとリョウくん。

三人に初めて会い、その後の話し合いが行われたときから、誰が決めたわけでもなくこういう配置で座るようになった。

「はーい。いただきまーす」

元気よくシンくんが宣言し、みんなが食事を始めたのを見届けてから、私は座ったばかりのテーブルから離れて再びキッチンに移動する。

「……有紗、食べないの？」

「うん、ちょっと夕食の準備をね」

不思議そうに訊《たず》ねるレイくんへ、カウンター越しに答えた。

今日は残業になりそうなので、あらかじめ夕食の下準備をしておこうと思ったのだ。

「今日、夕食いらない人ー？」

「あ、僕、今日は外で食べてくる」

挙手を求めると、リョウくんだけが手を上げた。

今晩は三人分か。三人も四人も手間は変わらないけど、余らせても仕方がないもんね。

メインは塩麹《しおこうじ》のチキンソテーにしよう。漬け込み系の料理は簡単な上にテクニックも要《い》らないから初心者向きなのだそうだ。ビニール袋に鶏肉と塩麹を入れて軽く揉《も》み込み、冷蔵庫にしまって、食卓に戻る。

「どう、美味《おい》しい？」

「うん、美味しいよー。ねー、リョウくん」

「これはシンの言うとおり、店が開けるかも」

「え、本当？　よかった」

フレンチトーストも実は卵液《たまごえき》に浸《ひた》して焼くだけの料理。焼き加減さえ気を付ければ失敗はないのだ。それでも、やっぱり褒められれば嬉しい。

「………………」

「どうしたの、レイくん？」

ふと、となりで何か言いたげにプレートと私の顔を見比べている彼の視線に気付いた。

やはり料理へのダメ出しがあるのではないだろうか……などと考えていると、

「あんまり無理するなよ」

私にだけ聞こえる声でそう呟《つぶや》いた。

「……？　うん、ありがとう。大丈夫」

「ならいいけど」

レイくんが何故《なぜ》そんなことを言ったのか、そのときはよくわからなかった。

私はフォークを置いて、彼が座る右側の頬に触れてみる。

……何だろう。わざわざ声をひそめて忠告してくれるあたり、深刻に聞こえる。よほど疲れた顔をしているのだろうか。

「有紗さん、無理しないでくださいね」

「えっ？」

その日の午後、自宅から会社へと場所は移れど、私の右どなりに座る黒須さん――メグちゃんから全く同じことを言われたときにはびっくりした。

「何か一動作終えるごとに『はぁー』ってため息ついたりして。お疲れなんじゃないですかー？」

「うーん……そうなのかなあ」

すぐには答えられなかった。自分が疲れているかくらい判断がつくだろうと言われそうだけど、自分のキャパというのがわからない人間もいるのだ。

私はまさにそういうタイプで、昔から自分の限界というのを把握するのはおろか、推測することすらできなかった。

風邪を引いても熱が出ないと自覚できないし、受験の時期は睡眠時間を削ってもずっと元気で、あるときバッタリ倒れて保健室のお世話になったこともある。

「あ、ほら。顎《あご》のところ、ニキビできてます」

「やだ、どこどこ」

慌てて指先でニキビを探す。と、顎の右の下側に、少し触れただけでピリッとした痛みを感じる箇所があった。これか。

「あんまり触らないほうがいいですよ。顎のニキビはストレスのせいなんですって。きっと有紗さんが気付いていないだけで、身体は疲れてるんですよ。結構残業してるみたいですけど、ちゃんと寝てますか？」

睡眠時間を数えてみる。残業を終えてから家に帰って、夕飯をつくり、食べて、後片付けをして、洗濯物を畳んで配って、それからお風呂に入って自分の時間――となると、あまり十分に寝ているとは言えなかった。

「そう言われてみると微妙かも」

「やっぱりー。今日はしっかり寝てくださいね」

「そうしたいんだけどね……」

今日、何時に帰れるかにもよるのだけど、帰宅してからも家事という仕事が残っているのだ。それをこなさなければ。

「有紗さん、ひとり暮らしなんですし、時間は自由に使えるでしょう？　それとも、お家に彼氏さんがいるとか？」

「あ、ううん、そういうわけじゃないんだけど」

私は慌てて首を横に振った。

結局、レイくんの従姉《いとこ》であることや、彼やリョウくんと同じ家に住んでいることは、メグちゃんには告げていない。別にメグちゃんを信頼していないわけではなくて、誰かに話してしまえば事実が歪曲《わいきょく》されてまた別の誰かに伝わってしまう可能性があると思ったからだ。私とレイくんの関係を知らずに一緒に住んでいるという情報だけが出回れば、確実に我が社の女子社員は私の敵になる。それは勘弁してほしい。

「じゃあ約束ですよ。今日は早く寝てくださいね」

そう言って、メグちゃんが小指を差し出した。

メグちゃんはとてもいい子だ。まだ個人的に休みの日に会ったりする関係ではないけれど、東京に友達のいない私としてはもっと仲良くなれたらと思っている。

「出来るだけね。ありがとう」

私はためらいがちに自分の小指を伸ばして、彼女のそれに絡めた。

よくよく考えてみたら、私だけがこんなに家事を頑張る必要なんてないのだ。私がやってくるまでは食事は当番制で、洗濯も各自でやっていたというのだから。

でも、四姉弟《よんきょうだい》の一番上という性《さが》なのだろうか。じっとしていられないのは。

営業部の二人は職種柄忙しく、定時にあがれることはほぼない。シンくんにしても身軽ゆえにスケジュールが不透明で、あまり頼りにはできない。

それなら私が一括してやったほうがいい。誰かにやってもらうよりも自分で動いたほうが楽だし、やってあげたいとさえ思ってしまう。早い話、面倒をみるのが好きなのだ。

弟の世話は苦じゃなかったし、どちらかというと楽しんでいた。小さな弟たちが私を慕《した》ってくるのがたまらなく嬉しかったことを覚えている。今の状況は、そのときの感覚に似ていた。

いつかシンくんが言っていた、「必要とされるって、気持ちいい」っていうのは、真理だと思う。

新しく始まった東京での暮らしで私を必要としてくれる人がいる。頼ってくれる人がいる。ならばそれに応えたい。いや、応えなきゃいけないのだ。

私がこうして新しい職場や新しい家にいられるのがレイくんのおかげだということを忘れてはいけない。ようやく安定し始めた生活を続けていくためにも、私は私の与えられた役割をこなしていかなきゃ。じゃないと——

『ごめん、有紗』

不意に直行の顔が浮かんで、すぐに振り払った。

慌ただしい毎日を送るなかで、彼を思い出す時間も減ってきたというのに、どうして忘れかけたときに現れるのだろう。

地元には戻りたくないし、戻らない。彼を振り返る必要も、もうないのだ。

「……有紗さん？」

うかがうような呼びかけに、絡んだままだった小指を解いた。いけない、ボーッとしてしまった。

「もう、しっかりしてくださいよ」

少し困ったように笑ったあと、メグちゃんの視線が遠くに飛んだ。

つられるようにそちらを見る。そこには普段と同じく大きなコピー機が一台あるだけだ。

「あの、有紗さん、時間に余裕があるときでいいので、相談に乗ってもらいたいことがあるんです」

「……？　うん、私でよければ」

いつも明るい笑みを浮かべている彼女らしからぬ、ちょっと緊張した面持ちだったから、真面目な内容なのだと思う。

私が頷《うなず》くと、メグちゃんはホッとしたように笑い、「ありがとうございます」と言った。

「じゃあ、そのためにも早く本調子に戻さなきゃ」

――彼女と交わした約束も空《むな》しく、私が病院に運びこまれたのはそれから数日後のことだった。

◆　◇　◆

その日は、朝起きたときから本調子ではなかった。

何となく身体がだるくて重い。加えて食欲もあまりなかったけれど、前日も残業で夕食が遅すぎたせいだと結論付け、さほど問題にはしなかった。

「あれれー？　有紗っち、食べないのー？」

朝食の際、自分の席を除くテーブルの上に三人分の食事を並べていると、シンくんが不思議そうに訊《たず》ねてきた。

「具合でも悪いの？」

「ううん、そういうわけじゃないんだけど……」

リョウくんにはそう答えつつも、やっぱり違和感は覚えていた。

ご飯に焼き鮭《じゃけ》、卵焼きにお味噌汁の匂い。いつもは食欲をそそる香りなのに、今朝は何だか胸がムカつく。

「二日酔い？　なんてするタイプじゃないよねー、有紗っち」

もちろん、お酒なんて一滴も飲んでいない。

「本当に、気にしないで食べて。私は洗濯機回してきちゃうね」

三人にそう言ってバスルームへ向かう。

洗濯機のスイッチを押して顔を上げると、開けたままだった扉の傍に、不機嫌そうな顔のレイくんが立っていた。

「わっ、びっくりした。いるなら声かけてよ」

さっきまでダイニングにいたのに。笑って言ったのだけど、レイくんの表情はピクリとも変わらない。

「何？　……あ、ごめん、飲み物出すの忘れてたね、今――」

「そうじゃない」

てっきりそういう要求をしにきたのかと思った。一蹴《いっしゅう》され、じゃあ何でとレイくんを見つめた。

「顔色がよくない。具合が悪いんだろ」

彼が仏頂面のまま続ける。

「――無理するなって言ったよ？」

「し、してないよ。たまたま食欲がないだけで」

疑わしそうな彼の視線とぶつかり、気が付く。これは不機嫌なのではなく、おそらく、心配してくれているのだと。

「ごめんね、気を使ってくれて。……でも大丈夫だから」

「……別に」

レイくんはそれだけ言って、ダイニングへ戻っていく。

その足音を聞きながら、私は洗面台の鏡を覗《のぞ》き込んだ。……メイクをしていることを差し引いても、いつもより青白い感じがした。あ、ファンデーションのノリもあまりよくない。もしやレイくんはそっちのほうを気にしてたりして。だとしたら恥ずかしいなあ。

なんてそのときは冗談めかして考える余裕があったものの、出勤し、昼休みを挟んで終業の時間が近づくにつれ、具体的な症状が出始めた。

「……なんか、胃が変な感じ」

「薬持ってますよ？」

私の呟《つぶや》きを聞きつけたメグちゃんがデスクの抽斗《ひきだし》の一番上を開けて、小瓶に入った胃腸薬を取りだしてくれる。

「ありがとう。少しもらうね」

ディスプレイの脇に置いたミネラルウォーターのペットボトルのキャップをひねり、中身を錠剤とともに喉奥へ流し込んだ。

「珍しいですね。食べすぎちゃったとかですか？」

「ううん、その逆」

ランチだって控えたのに——と、メグちゃんに薬の瓶を返しながらかぶりを振る。半日の間、何も口にしていなかったので、水と錠剤が食道を通りからっぽの胃に落ちていくのがよくわかった。

「え、大丈夫ですか？」

「うん……」

私は、曖昧《あいまい》に頷《うなず》いた。朝の段階では笑って答えることができたけど、胃の辺りにモヤモヤとした不快感を覚え始めてからは、笑顔になれない。

「やだ、有紗さん。青い顔してますよ」

メグちゃんのほうに顔を向けると、彼女がぎょっとした表情をした。

「どうかしたの？」

そのときプリントアウトした資料を抱えて、甲斐さんが通りかかる。

「有紗さんが体調悪いみたいなんです」

メグちゃんが真剣に訴える。

「え、本当？　大丈夫？」

甲斐さんは驚いたように私に問いかけながら、手元で時間を確認した。

「――定時近いし、今日はもう帰っていいよ。昨日も残業して仕上げてもらったもんね」

「え、いいんですか？」

「うん、大事にして」

「すみません、ありがとうございます」

甲斐さんに頭を下げてから、手元の作業を終了させる。厚意で暇をもらったことだし、今日は早く帰って夕食の支度まで少し休もう。

「有紗さん。気を付けて帰ってくださいい」

具合が悪いのだと意識してしまったからか、胃の不快感が強くなった気がする。のろのろと身支度をし、挨拶《あいさつ》を済ませると、会社を出た。

駅から電車に乗るまでの間に不快感は痛みに変わった。初めは、電車の揺れに合わせてズキン、ズキン、と響くような痛みだった。が、電車から降りて自宅に向かうころには先の尖《とが》ったもので刺されるみたいな鋭いものに移行していた。

電車では扉に凭《もた》れて立っているだけでよかったけれど、到着駅から家までは自力で歩かなければならない。グレードアップする痛みに耐え、時折、電柱のある場所で休んだりしながら、駅から五分の道をいつもの三倍くらいの時間をかけ、帰路を辿《たど》った。

ようやく辿《たど》り着いた玄関でパンプスを脱ぐと、とにかく横になりたいと思った。

いくら身体が示すサインに無頓着《むとんちゃく》な私でも、明らかにおかしいと思えるくらいの痛み。安静にしないと癒《いや》せない気がして、二階の自分の部屋に向かおうとした。

……いや、待てよ。先に食事の支度をある程度済ませておこうか。

今日はレイくんとリョウくんが接待だから要《い》らないとのことだけど、シンくんの分がある。帰りは少し遅いらしいから急がなくてもいいのだけど、一人分ならあとで慌てて起きて作るよりは終わらせていたほうが楽だし、もしかしたら別のことに集中するうちに、この痛みが多少は引いてくれるかもしれない。

そう思って、リビングを通りダイニングへ向かう。朦朧《もうろう》とした頭で、さて何を作ろうか——と考えたところで、録画中のビデオカメラを落としたときみたいに、視界ががくんと揺れる。

一瞬で景色が変わった。ダイニングテーブルと椅子の脚が見える。普段ならまずこんな間近にお目に掛かることのないもの。

自分が倒れたと気付いたのは少し時間が経ってからだった。立ち上がろうとしたけれど、身体に力が入らない。

痛い。胃が痛い。胃だけじゃなくて腹部全体が痛くなってきたような気がする。

それも、痛いなあ、なんてぼやいていられるレベルじゃなく、七転八倒《しちてんばっとう》するような激しい痛み。

誰かに助けを求めなければと、スカートのポケットに入っているスマホへ伸ばそうとした手は、私の意思に反して小刻みに震えるだけで、やっぱり力が入らない。

世界が回る。身体の全ての感覚が、痛みによって支配され、もう何がどうなっているのかわからなかった。

どうしよう。死ぬってこういう感じ？　まさか私はこのまま……と、嫌な想像が頭が掠《かす》めた。

それからすぐだったかもしれないし、もしかしたら一時間くらいあとだったのかもしれない。混濁した意識のずっと端のほうで扉の開く音がした。

「あれ、靴がある。有紗ちゃん、いるのかな」

「ああ――」

リョウくんとレイくんの声。二人の足音が近づいてくる。

「っ、有紗!?」

リビングからダイニングに入って来たらしいレイくんの声が、近くではっきりと聞こえた。ふわりと上体が持ち上がる。駆けよって来た彼に抱き起こされたのかもしれない。

「どうしたんだよ!?」

「……れ、い、く……ん」

力が入らず、音になっているのかも怪しい声しか出ない。それでも私はなんとかして言葉を紡ごうとぱくぱくと口を動かす。

「胃、が……い、痛い、の……」

「おいリョウ、救急車だ！　早く!!」

傍にいるらしいリョウくんに指示を飛ばすレイくん。ああ、これで最悪の事態だけはまぬがれたのかもしれない――と安堵《あんど》したところで、私の記憶は途切れた。


『ごめん、有紗』

気が付くと、私は昨年のクリスマスイブの街にいた。

『ごめん、有紗。本当にごめんな』

振られているのはこちらなのに、辛そうな顔をしているのは直行のほうだった。私は、そんな直行の言葉を現実のものとして受け止められるだけの心の準備が整っていなかった。

『好きな人が出来たんだ。婚約はなかったことにしてほしい』

最初は冗談なんだと思った。エイプリルフールとか、そういう。

でも今日は四月一日じゃない。ましてや恋人たちのお祭りである十二月二十四日だ。わざわざこの日を選んでそう告げたからには、冗談では済まされない。彼にとってもそれなりに決断の要《い》った行動だったのだろう。

直行と別れた帰り道、何もかもが信じられなくなって、すれ違うカップルの目もはばからず大泣きした。

涙と鼻水で化粧がぐちゃぐちゃに崩れた顔には、冬の風の冷たさが特に沁《し》みた。手で目もとや頬を拭う。涙と一緒に、黒かったりラメだったりする塗装が、手の甲や指先に移った。そうしているうちに手がかじかんでくる。でも、その手を温めてくれる人はもういない。堪らず自分の両手を組んだ。

『大丈夫だから』

誰かがそう言ってくれた気がして、立ち止まる。

『頑張れ』

冷たい風にさらされ冷え切った指先。祈るように組んで重ねたそれを、誰かの手のひらが包み込む。

温かい。この温もりは誰のもの？

手元を確かめようとするとまどろみから目覚めてしまう。

そう。これは夢なのだ。夢と現実とが交錯する。

——瞼《まぶた》を開けると真っ白な天井が見えた。

「気が付いた？」

レイくんの声だった。

仕事帰りそのままの、スーツ姿の彼は、ちょっと怖い顔でこちらを覗《のぞ》き込んでいる。

「……私、どうしたの？」

「覚えてない？　家で倒れたんだよ。俺とリョウが帰って来たときに見つけて救急車呼んだ。ここは病院」

どうりで景色が白いはずだ。それに、病院独特の匂いが鼻につく。

「……今日は接待だったんじゃ……？」

「向こうの都合で流れて、そのまま帰って来たんだ。……っていうか、今気にすることか、それ？　他に聞くべきことはもっとあるだろ」

レイくんに言われてもっともだと思う。私は点滴の管がついた腕を見つめながら訊《たず》ねた。

「……どうして倒れたのかな」

「処置してくれた先生が急性胃炎だって言ってた。問診した感じでは、ストレス性じゃないかって」

病院に着いて、お医者さんからいくつか口頭で質問があったようだ。痛みで朦朧《もうろう》としつつもそれなりにちゃんと答えていたらしい。

私はほとんど覚えてなくて怖いなと思ったのだけど、動けなくなるくらいの激痛だと記憶が飛んだりすることもあるとレイくんに聞いて、ちょっとホッとした。

「点滴すれば痛みは治まるって話だったけど、どう？」

「……うん、完全ではないけど、ずいぶん楽になった」

「ならよかった」

会話したり、動いたりする分には問題ない程度に回復しているみたいだ。シーツの上から患部を撫《な》でつつ、先ほどの彼の言葉が引っ掛かった。

「ストレス、性、って……？」

「環境が変わったり、過労や精神的な疲労でなりやすいって言ってた」

「……そう」

レイくんの言葉をかみ締めながら目を閉じる。

東京に出て来て、新しい仕事に就いて、新しい家で暮らして……順調にやっていけてると思っていたけれど、自分では気付かないうちに疲れを溜《た》めこんでいたのかもしれない。

私はゆっくりと目を開けた。「迷惑かけてごめんね」――と、レイくんに謝ろうと視線を向けたところで、

「ごめん」

と、彼が先に頭を下げて言った。私は目をみはった。何でレイくんが謝るのだろう。

「有紗が点滴を受けて眠ってる姿を見て、ずっと考えてた。一緒に暮らし始めてから、有紗が俺よりもあとに起きることってなかったって。それで気付いたんだ。有紗だって同じように仕事があるのに、ほとんどの家事をひとりでこなしてて……すごく大変な思いをさせてたんだよな。本当にごめん」

「………」

「それだけじゃない。新しい職場に、知らない男二人との同居とか。有紗にとっては精神的に負担になった部分がたくさんあったんだと思う。今になって言うんじゃ遅いけど、そういうのが有紗を追い詰めていたんだとしたら――」

「ち、違うの」

私はさえぎるようにして言った。

「そ、そりゃ、知らない男の子と一緒に住むなんて思ってなかったから、最初はビックリしたよ。料理とかも全然出来なくて、大変だったけど……それでもこの家で暮らすって決めたのは私だし、勝手に家事をやり始めたのも私だもん。レイくんが謝る必要なんてないよ」

言いながら脳裏《のうり》に直行の顔が浮かぶ。私は、ぎゅっとシーツを握った。

「……多分ね、怖かったの」

「怖かった?」

「自分の居場所がなくなっちゃうのが。この家にいられなくなったら多分実家に戻されて、また地元での生活を始めなきゃいけなくなる。……私さあ、向こうでいろいろあって、出来ることならもうあっちには帰りたくないなあって思ってて」

直行のとなりで澪ちゃんが微笑む姿が浮かぶ。目頭《めがしら》が熱くなるのを感じた。

「レイくんの家で暮らしていけたら地元に帰らなくて済むし。……そのためには、レイくんたちに追い出されないようにしなきゃって思ったのかも。みんなが私にお母さん的な立場を望んでいるなら、それらしくいなきゃいけないって」

「追い出すって、そんな――」

「わかってる。私が勝手にそう思ってただけなの。だから、謝らなきゃいけないのは私のほう。迷惑かけてごめんね」

今度は私が詫びた。こっちで頑張らなきゃという思いだけが先走りして、結果、自分で自分の身体を壊してしまったのだ。

「じゃあ、今の生活を辛いとか思ったりしてない？」

「……自分でも意外なんだけど、楽しいよ。弟三人と暮らしてたときみたいだなあって。ひとりで暮らし始めたら、かえって寂しくなりそう。あ、それにね」

話しながら、この一ヶ月半のなかで感じた最も重要な変化を思い出す。

「このままにぎやかに暮らしていければ、ずっと心でくすぶってたことが忘れられそうな気がしてるの。だからレイくんには感謝してるんだ」

直行のことを考える時間が減ったのは、私にとって何よりの前進だった。

失恋の痛みはまだ残っているけど、このまま笑顔で過ごしていければ、傷口が塞《ふさ》がる日がいずれやってくる。そう信じたい。

「……そうか」

レイくんは心底安心した様子で、自分の手をそっと私の右手に伸ばし、強く握った。

温かくて私よりも大きな手。触れた瞬間、この手に抱き起こされ、支えられながら救急車を待ったことが唐突によみがえった。

「無事でよかった、有紗」

彼の手にこもった力の強さが、そのまま想いの大きさを表しているように思えた。

「……ありがとう、レイくん」

彼の温もりを、つないだ指先で、手のひらで感じながら、改めてそう告げた。

そういえば短い夢の中で聞いた声は、どこかレイくんに似ている気がした。


点滴を終え、絶対安静を条件に自宅へ戻ることを許された私は、レイくんとともに帰宅した。

タクシーで神村家に到着すると、困ったように眉を下げたリョウくんと、泣きそうに瞳を潤《うる》ませたシンくんが玄関で出迎えてくれた。

「もー、有紗っちったらー！　オレ、本当に心配したんだからねー！」

「帰ってきたら倒れてるんだもの。気が気じゃなかったよ。……でも、大事に至らなくて本当によかった」

「心配かけてごめんね、シンくん、リョウくん」

「ほらほらー、上がって早く休んでー」

レイくんの腕を借りつつリビングのソファに座る。すると、リョウくんがすかさず私のマグを運んで来てくれた。

「胃炎だったんだって？　白湯《さゆ》がいいって話だから、これ飲んで」

「わ、ありがとう」

何気なく手元の時計を見ると、もう十時を過ぎていた。

「……そういえば、ご飯はどうしたの？」

「食欲なんて湧くわけないじゃんー。今の今まで忘れてたよー、ね？　リョウくん」

シンくんが振ると、リョウくんが「そうそう」と頷《うなず》く。

「なら、何か食べる？」

「もー、病人は自分の心配してなさいってのー。オレたちはオレたちでどうにかするからー」

……笑われてしまった。確かに、他人の心配をしている状況ではないのかも。

私はマグを手にとって口元に運んだ。熱すぎず、ぬるすぎない丁度いい温度のそれを口に含み、ゆっくりと飲み込む。

お腹だけじゃなく心まで温まるように思えるのは、気のせいじゃないはずだ。

「しかし、レイジロの血相の変わりっぷりったらなかったなー」

と、リョウくんが思い出し笑いを浮かべながら呟《つぶや》く。

「完全にキャラ変わってたし、我を忘れるってああいうことを言うんだろうな」

「うるさい」

どこかからかうような口調のリョウくんに、レイくんはムスッとして答える。

「照れるなよレイジロ。大事な従姉《いとこ》のお姉さんなんだから、当たり前っちゃ当たり前の反応だろ」

「着替えてくる」

相手をするのが面倒になったのか、レイくんは二階に上がっていってしまった。

「わっかりやすい反応だよねー」

「有紗ちゃんに気があるの、バレバレなんだよな」

彼の姿が消えると、シンくんとリョウくんが扉のほうに視線を送りながら口々に言う。

そして、二人で私を振り返り、意味深な笑みを浮かべた。

「気付いてたでしょー？　レイちゃんの気持ちー」

そう切り出したのはシンくんだ。

「無愛想なアイツが、有紗ちゃんのことには妙に一生懸命なんだよ。救急車が来るまでの間、ほとんど意識を失いかけてた有紗ちゃんの手を握っててさ。『大丈夫だから、頑張れ』って、ずっと話しかけてた」

「あっ……」

『大丈夫だから、頑張れ』――それって、私が夢の中で聞いた言葉だ。

思った通りあれはレイくんの声だったのか。「やっぱり」という思いと「嬉しい」という思いが入り交じり、胸が熱くなる。

「ただの従姉弟《いとこ》にしてはずいぶん熱心だよねーって、リョウくんと言ってたんだよー。

ねね、本当は、レイちゃんとどういう関係なのー？」

どういう関係って。それは、何回訊《き》かれても従姉弟ですとしか答えられないのだけど。

『……絶対に、振り向かせてみせるから』

同居初日の宣言がリフレインする。

彼らが言っていることが嘘ではないのだとしたら、レイくんが私に訴え続けていたことは、本当だったのかもしれない。

……えっ。てことは、レイくんは本当に私を振り向かせたいって――彼女にしたいと思ってるってこと？

「まっ。それは今後ゆっくりと追及していくとして」

混乱のあまり黙った私を気遣ってくれたのか、リョウくんが口を挟んだ。

「こういうことになって、僕とシンも反省してるんだ。……本当にごめんね、有紗ちゃん」

急にかしこまったトーンになった二人は私の前に並ぶと、揃って深々と頭を下げた。

「……だからさ。有紗ちゃんに辛い思いをさせた僕らにこんなこと言う資格はないかもしれないけど、アイツのためにも出て行かないでやってくれないかな」

「出て行くなんて」

リョウくんの言葉に「滅相もない」と首を横に振った。

「そんなつもりはないよ。……その、シンくんとリョウくんが構わないなら、だけど」

「オレらが拒否るわけないじゃんー！」

シンくんが顔を上げ、声を高くして言った。つられるようにリョウくんも顔を上げる。

「そうだよ。僕もシンも、出来ることなら有紗ちゃんと暮らしていきたいと思ってるんだ。……これからは絶対に負担をかけないように頑張るから、改めてよろしくね」

「……うん、こちらこそ」

私が言うと、シンくんとリョウくんはホッと顔をほころばせた。

『必要とされるのって気持ちいいじゃーん』

いつかのシンくんの言葉を思い出した。私は、三人から必要とされているんだって、自惚《うぬぼ》れてもいいんだよね？

ここが私の新しい居場所ですって胸を張っても、大丈夫なんだよね？

リョウくんが持って来てくれた白湯《さゆ》をもう一口含んで、飲み込む。やっぱり温かい。

ちょうどそのとき、着替えを終えたらしいレイくんが階段を降りてくる音が聞こえた。

きっとシンくんとリョウくんのことだ、ここぞとばかりに今日のレイくんの行動をイジってからかうつもりなのだろう――ううん、そういうときって、私はどんな反応をしていたらいいんだろう。難しいよ。

それでも、今日の出来事を通して、私たち四人は今まで以上にいい関係を築いていける。

そんな予感がした。

7

急性胃炎で救急車のお世話になったのが金曜日のこと。

土、日と体調回復に専念し、週が明けた月曜日。まだ完全復活とはいかないものの落ち着いてすごす分には問題なかったので、私は休みを取ることなく出勤することにした。

出社前、私のためにと消化のいいおかゆを作ってくれたのはレイくん。一人分だけ作るのは難しいからと、みんなの朝食も同じものになった。お椀によそった三分《さんぶ》がゆの他、トッピングのたたき梅や味付き昆布《こんぶ》、鮭フレークなどをテーブルに並べてくれる。

私が救急車で運ばれた次の日、四人で話し合い、ルールを二つ作った。

一つは、食事を当番制にすること。本当のところ、料理が楽しくなってきたこともあって、私が担当しても構わなかった。けど、それだと負担が偏《かたよ》ってよくないからと、私が住む前と同じ状態に戻したのだ。

そしてもう一つは、自分自身の都合を優先して行動すること。

これは世話を焼きたいタイプである私のために作ってくれたルールなのだけど、もっとわかりやすく言えば、思い立ったときに会社の友達とご飯を食べたり、遊びに行ったりしていい、ということ。

家のことが気になって行動が制限されるのはよくない。より東京に慣れるにはもっと交友関係を築き、広げていくべきだと、三人が背中を押してくれた形になる。

「いただきまーす」

シンくんが高らかに声を発した。誰が決めたわけでもなく、食事の号令はシンくんの仕事になっている。それにならい、席に着いていた私たち三人も手を合わせる。

「有紗っち、本当に休まなくていいのー？」

通勤着に着替えて食卓に座る私を、不安そうな目で見るシンくん。

「無理しないほうがいいのに～。まだ本調子じゃないんでしょー？」

「そうなんだけどね」

体調に不安がないと言ったら嘘になるけど、先週末に任されたバーのウェブサイトのアイデアを提出しなければ、仕事が先に進まない。幸い、じっとしている分には身体の具合も安定しているから、イメージ固めと提案書の作成は、この土日で片付けることができた。

「僕らも心配だけど、社会人には責任が付きまとうものなんだよ、シン」

「えーでもー、責任の前に健康でしょー。健康じゃなきゃ責任果たせないじゃーん」

仕事を遅らせまいという私の気持ちを察してくれたリョウくんが、鮭フレークの瓶の中身をお椀に振りかけながらフォローを入れてくれるけれど、シンくんは納得しかねるという感じだった。

「心配するな。部署は違うけど、会社には俺とリョウがいるし」

たたき梅をお椀にのせたレイくんが、シンくんにそう言ったあと、今度は私のほうを向いた。

「……具合が悪くなったら早めに上司に相談しろよ。甲斐さんなら話がわかる人だから、無理しなくて大丈夫だ」

「ありがとう、そうする」

私はレイくんにお礼を言いながら、ようやくお箸を手にしておかゆを口に含む。

まだ食欲もあまり湧かないけれど、体力のことを考えて少しでも食べておかなきゃ。

食事を終え、レイくんが後片付けをはじめた。

今までは毎朝慌ただしくて、食休みなんてとれなかった。だから今、こうして少しでもゆっくりする時間が出来て、心にゆとりが生まれた気がする。

リビングのソファで白湯《さゆ》を飲みつつ、腕時計で時刻を確認する。そろそろ出発の時間だ。

「有紗」

いつの間にか片付けを終えたレイくんがビジネスバッグを手にし、ダイニング側の扉を開け私に呼びかけてきた。

「今日は俺と一緒に行こう」

「えっ？」

私はおそらく、きょとんとした顔をしているのだろう。だって、そんなことを提案されるとは思わなかったのだ。

私とレイくん、そしてリョウくんが同じ家に住んでいるというのは、相変わらず口外していない。会社の人に極力勘付かれないように、出勤時間を少しずつずらして一緒にいるところを見られないようにもしている。

『神村、あの見た目な上に仕事出来るから、狙ってる子多いんですよ。だから、知り合いだってだけでも、やっかんでくる子がいるかもしれません』

初出勤日にメグちゃんが言っていたことを、翌日からじわじわと実感することができた。確かに、女子社員からのレイくん人気はすごいものがある。可愛い系の顔立ちなのに、クールな振舞い。そういうギャップが、彼女たちの心を掴んだのだろう。

レイくんが所属する営業部はほとんど男性しかいないし、私のいるクリエイティブ・デザイン部もメグちゃんみたいにサバサバした人しかいないから平和だけど、他の部は違う。総務部やプランニング部など様々な部署の女の子が、何とかしてレイくんとかかわる機会はないかと狙っているのだ。

書類や資料の受け渡し一つとっても、自分が自分がの争奪戦。みんな表面的には笑顔を繕《つくろ》いつつ、水面下で火花散る女のバトル。初めてその現場を見たとき、異様な空気に圧倒されて目が離せなかったほどだ。下手に同居してるとか公言せずによかった、と心から思った。

「短い区間だけど通勤ラッシュのことも考えて、そうしたほうがいいと思うんだ」

「……うーん」

レイくんが私を心配してくれているのはわかるし、私としてもそのほうが心強いのだけど……

うちの会社の最寄り駅は某私鉄のひとつのみ。だから、必然的にうちの社員はその駅を使って通勤している。私とレイくんが一緒に出社するところを——しかも、同じ駅から電車に乗り込むところを見られた日には、どういう噂を立てられるかわかったものじゃない。

ましてや一緒に暮らしてるとか、更には、これまた女子社員のターゲットとなっているリョウくんもいるなんてバレたりしたら。

「じゃあ言い方変える。俺が心配だから、付き添わせてほしい」

あることないこと、ヒソヒソ話を繰り広げる女子社員の群れを想像していると、レイくんが食い下がってきた。凛《りん》とした瞳は、純粋に、私を危険な目に遭わせまいという意志が点《とも》っているように見える。ふと、脳裏《のうり》に病院でのレイくんの言葉がよぎった。

『有紗にとっては精神的に負担になった部分がたくさんあったんだと思う。今になって言うんじゃ遅いけど、そういうのが有紗を追い詰めていたんだとしたら――』

心配、だけじゃないのだろう。レイくんは責任を感じてるんだ。

自分が私を追い詰めたと、そう思ってる。違うのに。私が勝手に限度を超えてしまっただけなのに。

「……それじゃあ、悪いけどお願いしてもいいかな？」

レイくんの気持ちが少しでも楽になるなら――なんて傲慢《ごうまん》なことを言うつもりはない。でも、そう申し出てくれた彼の気持ちを考えれば、たった一日、それも通勤のわずかな時間を一緒にいるくらい、別に構わないじゃないかと思えた。

彼は私の返事を聞くと、引き締めていた表情を崩して頷《うなず》いた。

「もちろん。……じゃあ、もう出よう。リョウと時間が重なるのも何だし、なるべく早いほうが他人の目も少ないから」

「わかった」

すぐにでも家を出発できそうなレイくんの出で立ちを見て、私も荷物を持ってこなければと思う。白湯《さゆ》を飲んでいたマグを片付け、自分の部屋に向かった。

「藤堂さん。少しお時間ありますか？」

例の如《ごと》くの残業中。日中よりも人の姿が減った静かなオフィスで、聞き慣れない高い声が降って来た。誰だろうと思い、パソコンのディスプレイに向けていた顔を上げた。

「えっと……あの」

うっすらと茶髪のショートカット。濃いめのブラウン系メイクで、顎《あご》の下のホクロが印象的な彼女に、見覚えはあるけど名前が出てこない。

「佐々木《ささき》です。プランニング部の」

私の様子から察したらしい彼女が、自ら名乗ってくれる。そうだ、プランニング部の佐々木さん。確かメグちゃんやレイくんと同期だったような。

「ちょっとお話ししたいことがあるんですけど、いいですか？」

笑顔ではあるけど、断らせまいという気迫が伝わってくる物腰に、ノーとは言えなかった。頷くと、「じゃ、こっちです」と跳ねるように言いながら私を誘導する。

プランニング部とうちの部じゃ直接の接点なんてない。なのに、一体どんな話があるというのだろう。疑問に思った私は、席を立ちながら、同じく残業中のメグちゃんを一《いち》瞥《べつ》する。彼女は心配そうな顔をしていた。

パンプスの音に付いて行った先は、オフィスの入り口脇にある女子トイレだった。奥に個室が三つ、手前に手洗い場が二箇所ある空間。佐々木さんの他にもう一人別の女子わかった。

社員がその手洗い場の前に立っていて、そこに設置された鏡越しに私のことを見たのが

「連れて来たよ」

鏡の前の彼女へ、私に対してとは違う少し投げたような言い方をする佐々木さん。私に用事があるのは佐々木さんではなく、この女性なのだろうか。

その女性はくるりと振り返り、私と向き合った。

「ちゃんとお話しするのは初めてですよね。私、総務部の林《はやし》って言います」

「藤堂です。あの……私に何か御用ですか？」

細身で童顔の可愛らしい女性——顔立ちは全く違うのに、佐々木さんと同じ笑顔に見えるのが怖かった。恐る恐る訊《たず》ねてみると、「ええ」と頷きながら、林さんが続ける。

「私、遠まわしな言い方って苦手なので、ズバリ訊《き》かせてもらいたいんですけど……営業部の神村とどういう関係なんですか？」

「どういう、って……」

私は掠《かす》れた声で言った。

「実は、今日見ちゃったんですよね。藤堂さんと神村が朝の電車で一緒にいたところ。……で、どういう関係なんですか？」

二度目の問いに、もう笑みは混じっていない。はっきりと敵意のようなものを感じ取

ることができる物言いに、背筋がゾクリとする。

懸念《けねん》していたことが現実に起こってしまった。少しでも見覚えのある人を見かけたら視界から外れるようにしていたけれど、人の目というのはどこにあるのか、油断できないとつくづく思う。

「プランニング部でも総務部でも、今日のお昼はその噂で持ちきりだったんです。入社以来、全然女の影が見えなかった神村なのにって」

今度は腕を組んだ佐々木さんが言う。やっぱり顔は笑っていない。

「……藤堂さん、長いんですか？　神村と」

「ちっ、違いますっ！」

林さんに訊《たず》ねられて、私は頭のてっぺんから声を出して言った。

この人たちは、私と彼が付き合ってるって勘違いしているんだ。慌ててぶんぶんと片手を振る。

「私と、レっ……か、神村くんはそういう関係じゃありません」

色んな人から同じ疑いを掛けられるということは、よっぽどレイくんの周りには女の人がいないのだろう。

「なら何で同じ電車に乗ってたんです？」

「たっ……たまたま同じ車両に乗り合わせることくらいありますよ。そう、たまたまです！」

もっと有効な言い訳があったかもしれなかったけれど、咄嗟《とっさ》に、怪しまれぬように吐き出すことなんて出来ない。人生で初めて『女子トイレに呼び出し』というイベントに遭遇した私には、これが精一杯だった。

「たまたま、ねえ……」

一瞬、佐々木さんの顔が不機嫌に歪んだのを見逃さなかった。

「だってさ、アユ。どうする？」

佐々木さんが林さんに小さく訊ねる。アユ、と呼ばれた林さんは、私の全身をくまなく観察しながらふっと息を吐く。

「別に、一緒に住んでる——とかじゃないんだし、まだ放っといていいんじゃない」

『一緒に住んでる』という言葉に刺《とげ》を感じた。彼女たちは、私がレイくんと同居していることを知らないはずだけど、心臓に悪い。「でも」と、林さんが強調する。

「……ひとつだけ忠告しておいてあげますね、藤堂さん。神村って、落としたいと思ってる子がいっぱいいるんです。だから、彼に手を出すと、オフィスでのあなたの居心地が悪くなっちゃうかもしれません」

またしても、林さんと佐々木さんが同じ笑みを浮かべている。そっくりそのまま貼りつけたような、空々しい笑顔。

概《おお》ね話の内容はわかった。ようは、これ以上レイくんに近づくなということなのだろう。近づいた場合は、彼女たちが黙ってはいないと。

「よ、よくわかりました。私……仕事が残ってるんで、失礼します」

私は二人に挨拶《あいさつ》をしてから女子トイレを出て、自分の席に戻った。

「有紗さん、大丈夫でした？」

私が椅子に座るなり、まるで何が起きたのか知っているかのような口ぶりで、メグちゃんが訊《たず》ねてくる。

「……うん、大丈夫だよ」

何となく、彼女に今の出来事を話すのはためらわれた。忠告とやらをされただけで、手をだされたわけでもないし、いたずらに彼女を心配させるのはよくない。

それに、『電車に一緒に乗っていた』のは事実だったのだから、そこから何か勘繰られてしまうのが怖いというのもあった。

「そう、ですか。それならいいんですけど」

「うん——それより、甲斐さんにOKもらったバーのウェブサイトの提案書、どこにいったか知らない？」

「いえ……わたしは見てませんけど」

おかしい。たしかデスクの上に置いておいたはずなのだけど、甲斐さんが持っていったのだろうか？

あとで彼に確認しようと思ってあまり気に留めなかったのだけれど……この日を境にこういうことが頻繁《ひんぱん》に起こるようになっていった。

集めた資料のファイルがまるまるなくなったり、こまめに作業のバックアップを取っていたUSBメモリがなくなったり。初めは病み上がりでぼんやりしているからかと思ったけれど、何度も続けば、明らかに悪意のある誰かの仕業《しわざ》だとわかる。

心当たりはひとつしかない――レイくんを想う女の子だ。先日の林さんか佐々木さんかもしれないし、他の誰かかもしれない。

「はあ……」

残業から帰って来た私は、玄関の扉を開けるとまず、安堵《あんど》のため息をついた。

家に帰ってくればもう安心だ。あれがないこれがないと気を揉《も》むこともない。

私も対策として大切なものはデスクの一番上の鍵のかかる抽斗《ひきだし》に入れるようにしたから、USBメモリなどが消えることはなくなった。けど、問題は集めた紙の資料だ。

膨大なそれらの資料が消えてしまうと、また集めるところから始めなければいけなくて、非常に能率が悪くなる。だから、また残業になる。

ため息だけじゃなくて胃も重たかった。お医者さんからストレスを溜《た》めないようにと言われているものの、この状況でストレスが溜まらないほうがどうかしている。

「おかえり」

リビングに上がると、まだスーツ姿のレイくんがソファに座っていた。

「レイくん、ただいま。シンくんとリョウくんは？」

「シンは友達と食べてくるって。リョウは同期のヤツと飲みに行ってるはず」

「そっか。レイくんは食事、済んだ？」

「軽く。有紗は？」

「食べてないけど……いいや。あんまり食欲ないから」

食欲よりも疲労感が勝ってしまっている。緩く首を振ると、

「また具合が悪いのか？」

と、彼の顔色が変わる。

「そういうわけじゃないの。残業続きで、ちょっと疲れてて」

レイくんを心配させたくて言ったわけじゃないし、体調というよりは心のほうが参っていた。

「だから、少し部屋で休んでくるね」

「有紗、ちょっと待って」

二階へ向かおうと踵《きびす》を返したところで、レイくんに引き留められて振り返る。

「――何か俺に話しておきたいことはない？」

「……え、べ、別にこれといっては」

「本当？」

決してふざけている感じではなかった。隠している何かを探り当てるような目で見つめられて、ついたじろいでしまう。

「な、何もない、よ」

「………」

疑わしげな表情をしていたけれど、私がそれ以上何も言わない様を見て諦めたようだ。

「それならいいんだ。引き留めて悪い」

「ううん」

自分の部屋に向かいながら、妙な罪悪感を覚えていた。

レイくんは、私が良くない状況にあると勘付いたんじゃないだろうか。だとしたら、素直に話してしまったほうがよかったのかもしれない。

そこまで考えて、いや、とその考えを打ち消す。そんなことできない。『レイくんを想う女の子に、嫌がらせをされているのかもしれない』なんて相談したら、彼のせいみたいに聞こえてしまう。それは嫌だ。なら黙っていたほうがマシだと思った。

……それにしても、いつまで続くのかなあ。作業が遅れるのは私だけの問題じゃない。同じ仕事をしているメグちゃんや甲斐さんにも迷惑がかかる。……もういい加減にしてほしい。

なんて気力が萎《な》えかけたころ。事態は私の思いもかけない場所から収束に向かったのだった。

数日後の昼休み、聞き慣れた声が「藤堂さん」と私を呼んだ。

休み時間を返上して作業をしていた私が顔を上げると、そこにはレイくんの姿があった。

「ちょっといい？」

彼が社内で話しかけてくるなんて珍しい。ちょっと緊張しながら「はい」と答える。

「コイツらが藤堂さんに話があるって」

コイツら——と、レイくんが後ろを示すと、あの佐々木さんと林さんが泣きそうな表情で控えていて、心臓が飛び出るかと思うくらい驚いた。

「ちょっとついて来て」

レイくんはコンパクトにそう言うと、足早に歩き出す。

「か、神村くんっ!?」

何これ、どういうこと？　何でレイくんが二人と一緒に居るの？

「心配しないで。女子トイレとかじゃないから」

皮肉っぽい言い方は、私に対してではなく、彼女たち二人に向けてのようだ。

彼が私たちを連れてきたのは、我が社の会議室だった。木製のテーブルとパイプ椅子だけの、シンプルな部屋。ちょうど休憩時間ということもあり、使われていないその場所に私たちを促《うなが》す。

最後に入ったレイくんが扉を閉める。椅子があるにもかかわらず、私たちは誰も座らずに入り口の辺りで固まっているだけだった。何となく、座れない雰囲気が漂っている。

「藤堂さん、佐々木と林に何か言われたでしょ？」

レイくんに藤堂さんと呼ばれるのは慣れないと思いつつ、私はうつむきながら返事に迷ってしまった。

「もう全部わかってることだから、ハッキリ言っていいよ。コイツらに因縁《いんねん》つけられた上、仕事の資料隠されたりしてたって」

思わず息を呑んだ。佐々木さんと林さんを見ると、彼女たちは肩を落としている。

「やっぱりそうだったんだな」

「……神村くん」

どうしてそれを――と、視線で問い掛ける。レイくんはいつもの涼しい顔で続けた。

「リョウが――綾瀬がこないだプランニング部の遠藤《えんどう》って同期の男と飲んでね。ソイツが男のくせに噂好きでさ。佐々木と林が藤堂さんに絡んで嫌がらせしてるらしいって話を聞きつけたんだと」

「……遠藤のヤツ」

佐々木さんが忌々《いまいま》しそうに小さく呟《つぶや》く。そんな佐々木さんを睨みながら、レイくんが更に続ける。

「綾瀬がそれを俺に報告してきたってわけ。悪いことしてるヤツって、誰かに見られてるもんなんだな」

佐々木さんと林さんは、またもや揃って眉間に皺《しわ》を寄せ、悔しげな表情を浮かべていた。

「懲《こ》りないヤツらだな、いい加減にしてくれよ。悪いけど、こんなことするような女って一番嫌いなんだわ。二度とこんな真似しないでくれるかな」

レイくんは苛立ちを抑えられないようだ。冷静な言い方の中にも刃《やいば》のような鋭さがこもっている。顔立ちが端整な彼が怒りをまとうと、余計に迫力がある。さすがの彼女たちも頷《うなず》くしかない。蚊の鳴くような声で「はい」と言った。

「それと、ちゃんと藤堂さんに謝ってほしい。俺と彼女が付き合ってるなんて誰がそんなデマ流したわけ？　全部二人の妄想だろ」

「………」

屈辱的な様子ながら、彼女たちは私に「すみませんでした」と一言謝ると、逃げるように出て行ってしまった。

会議室には私とレイくんだけが残る。と、彼はようやく表情を緩めた。

「甲斐さんが仕事速いって褒めてた割に、有紗、残業が多かったからちょっと気になってたんだ。そしたらこないだの夜、リョウからさっきの話聞いてさ。アイツも心配してた」

「そういうことだったんだね」

私が納得すると、レイくんの顔が再び神妙なものに変わる。

「……有紗。林と佐々木のこと、本当にごめんな」

彼は改めて私の名前を呼んで、深々と頭を下げた。

「何で、レイくんのせいじゃないよ」

「いや、俺のせいで有紗が被害にあったことには変わりないし。……それに実は、こういうのって初めてじゃないんだ」

レイくんが額に手を当てながら呟《つぶや》く。彼はさっき、二人のことを『懲《こ》りないヤツら』だって、そう言ってた。なるほど、前にも同じようなことがあったからか。

「……いいの。レイくんがそうやって気にしちゃうんじゃないかって思って、私も、本当のことを言えなかったから」

「本当のこと、か」

レイくんがニヤリとした顔をする。

「うん？」

「いや、本当は、アイツらにはこう言ってやろうかなとも思ったんだ。……『藤堂さんとは付き合ってるんじゃなくて、ただ単に俺が口説いてるだけだ』って」

「そ、そんなこと言ったら嫌がらせが余計に酷《ひど》くなるじゃないっ」

「冗談。そんな困った風に言わなくても」

「………」

自分でも意外だったけど、動揺したのは、嫌がらせされたら困ると思ったからじゃない。レイくんの言葉を、ちょっと嬉しいと思ってしまったからだ。

私の背中を追い掛けていたはずのレイくんが、今はこうして私を守ってくれているのが不思議だった。『弟みたいなレイくん』は、私が思っているよりもずっとずっと、たくましくなっている。

「ありがとう、レイくん。今度は私のほうがレイくんに守ってもらっちゃったね」

「思い出話はやめろって」

昔の話を持ち出すと、決まってレイくんはちょっとふてくされたような顔をする。最初は何故《なぜ》だろうと思っていたけど、何となくわかってきた。

多分、面白くないんだ。私との思い出の中では、彼はいつも頼りない様子だったから。そのころのことを掘り返されるのが照れくさいのだろう。そんな彼が可愛くて、つい笑みが零《こぼ》れる。

「ごめんごめん。……お昼休み終わっちゃうし、戻ろうか。リョウくんにもあとでお礼言わなきゃ」

私が大人になった分だけ、レイくんもしっかり大人になっている。

当たり前のことをかみ締めながら、彼とともに会議室を出る。

これからは、彼のおかげで仕事が捗《はかど》りそうだ——なんて考えながら。

8

「有紗さん、今晩って時間ありますか？」

シェアハウス生活も二ヶ月を過ぎた。レイくん狙いの女子社員からの嫌がらせもなくなり、すっかり胃の調子もよくなったころ、メグちゃんがつんつんと私の肩を突いて、小声で訊《たず》ねてきた。

「今晩？」

「はい。よかったら、ご飯でも食べに行きませんか？　わたし、オゴりますんで」

「え、メグちゃんのオゴり？　何でまた」

「前に相談したいことがあるって話、しましたよね。もし都合よければ今晩どうかなって……」

　そういえば、そんなことを言われていたような。

「うん、大丈夫。行こう」

　即答すると、メグちゃんは嬉しそうに微笑んだ。

「ありがとうございますー。じゃあじゃあ、美味《おい》しい生パスタのお店を知ってるので、そこにしましょう」

　私は笑顔で頷《うなず》いてから、キーボードの脇に置いていたスマホを操作して、レイくんとリョウくん、そしてシンくんに一斉メールを送る。

『今日は会社の同僚とご飯を食べて帰ることになったので、よろしくね』

　四人で取り決めた自分の都合を優先するというルールに則《のっと》り、遠慮なくメグちゃんとご飯を食べに行くことにした。

　さて、夜の予定のためにも、甲斐さんから頼まれていたバナー制作をチャチャッと終わらせてしまおう。私は、パソコンの画面に集中した。


　会社の裏に建つビルの地下一階にある、メグちゃんおススメの『トラットリア・ヴィオーラ』という生パスタ屋さんは、うちの社員行きつけの有名店だった。席数が少なく、そのせいか席同士のスペースはゆったりしている。

パスタ専門店だけど照明はバーのように抑え目で、テーブルの上の蝋燭《ろうそく》の明かりのおかげで、落ち着いて話ができる雰囲気なのもいい。

「会社で言った通り、ここはわたしが持ちますから。何でも食べたいものを食べて下さいね」

店内に掲げられた黒板にシェフのイチオシはカルボナーラと書いてあったので、私はカルボナーラを、メグちゃんはお気に入りだというポモドーロをオーダーした。

「ここアンティパストもなかなか美味《おい》しいですよ。サラダとかスープとか、どうですか？」

「気持ちはありがたいんだけど、食べきれる自信がないからやめとくよ」

「ああっ、そうですよね、すみません。まだお酒も控えてるんでしたっけ？」

「うん、一応ね。刺激物は」

病院から処方された薬は飲み切ったし、しばらくは白湯《さゆ》やお粥などの優しいもの限定で胃を休ませていた上、睡眠時間も増やすようにしていたので、身体はすでに本調子に戻っている。

なので一通りの食事とアルコールもとろうと思えばとれるのだけど、胃炎は繰り返す疾患《しっかん》だっていうし、その時々に身体が欲しているもの以外は遠慮するように心がけている。

「でも、本当に大変でしたよね、急性胃炎で救急車なんて。あの日の有紗さん、やっぱり様子が変でしたもん。顔色悪かったし」

　メグちゃんは言いながら両方の頬に触れるような仕草をした。

「そうそう、胃炎ってひとり暮らしでかかると痛みで救急車呼べなくて苦しむ人もいるみたいですけど、そうならなかったのはよかったですよね」

「……あ、うん。そうだね」

　本当にひとり暮らしだったなら、おそらくそうなっていただろう。

　あの日たまたまリョウくんとレイくんの接待が流れ、家に帰って来たから、早い時間に発見してもらえたのであって。状況が違えば、シンくんが帰ってくる時刻までひとりで痛みに耐えていた可能性もある。想像しただけでもゾッとした。

「それより、メグちゃん。相談したいことって何なの？」

　私のほうから本題を切り出すと、彼女は一瞬表情をこわばらせた。でも、すぐに困ったような笑みを浮かべる。

「そう、それなんですけど……ううん、えっと……」

　彼女にしては珍しく歯切れの悪い反応だ。

「話しづらいこと？」

「話しづらいっていうか、今まで誰にも相談しなかったことなんです。ずっと自分の中にしまってきたので、ちょっと抵抗があるというか、恥ずかしいというか……」

うつむき気味にそう言っていた彼女だけど、意を決したように顔を上げた。

「いえ、でも折角お時間取って頂いたわけですし、ためらってても仕方ないですよね。……あの、有紗さん。有紗さんが飲めないところ申し訳ないんですけど、ワインを一杯頼んでもいいですか？」

「え？　……うん、もちろんいいよ」

「ありがとうございます」

メグちゃんはすぐに店員を呼びとめ、追加でグラスワインをオーダーした。二、三分もしないうちに、パスタよりも先に彼女の赤ワインが到着する。

「ごめんなさい、じゃあいただきます」

気付けのつもりなのだろうか。彼女はルビーを溶かし込んだようなグラスの中身を半分ほどあおると、もう迷わないとばかりに私の瞳をじっと見つめて言った。

「……実はですね。わたし、社内に好きな人がいるんです」

二重《にじゅう》の意味でビックリした。言葉の通り、会社の中に彼女が好意を寄せている人がいるという部分。それと、そもそも彼女と恋愛絡みの話をすることはほとんどなかったから、そういった話題を振られたことに対して。

「それって誰なの？　私の知ってる人？」

まだ入って二ヶ月の私には、名前と顔が一致していない社員もいる。彼女はこくんと頷《うなず》いた。

「よく知ってる人です」

「誰だろ。甲斐さんとか？」

「甲斐さんのことは信頼してますけど、好きとかじゃないです。それにあの人、結婚してますよ」

そういえば左手の薬指に指輪をしていたっけ。頭に思い浮かべた彼の顔にバツ印を付けながら、彼女と接点がありそうな男性社員を探してみる。

クリエイティブ・デザイン部は少数精鋭……といったら聞こえがいいけど、限られた人数で仕事を回している部署だ。その中に、彼女と年齢的に釣り合いそうで独身の男性社員はいない。

「……神村です」

痺《しび》れを切らしたのか、メグちゃんはおずおずと正解をもらした。

「神村って……レ――神村くん？」

「はい。同期入社の、有紗さんがよく知ってる、あの神村です」

緊張のためか、彼女はちょっと早口にまくしたてた。

そして深呼吸をし、時折ワインで口を湿らせながら、彼を好きになるまでのいきさつを話してくれた。

入社後、メグちゃんが最初に仲良くなったのはリョウくんだったのだという。

できれば同性の子と行動を共にしたいと思っていたけれど、同期入社の女の子とはどうもノリが合わなかった。サバサバした性格の彼女は男の子とのほうが気が合ったようだ。

リョウくんと話すようになれば、彼と仲のいいレイくんとも自然と話すようになる。けれど、レイくんの周りにはいつも彼目当ての女の子たちが張り付いていて、正直近寄りづらいなと思っていたのだ。

「最初はむしろ苦手なタイプだったんです。可愛い顔立ちな上、ちょっと高慢な印象を受けるところがあるじゃないですか。『モテていいいね』なんて言うと、『だって俺、顔がいいからね』って」

「ああ、わかる」

頷きながら少し笑った。私も心当たりがあったから。

「とんでもないナルシストかと思って警戒した時期もありましたけど、実際は全然そんなことないし、本人にはルックスで女の子を釣ろうなんて気はなくて。……そういう、案外真摯《しんし》な部分に触れてくうちに、気になるかもって思い始めて。でも、仲のいい同期ってラインから一歩踏み出せないっていうか」

ワイングラスのステムをきゅっと握ってから、メグちゃんが続けた。

「ううん。踏み出せるチャンスは過去にあったんです。でもそのチャンスを活かしきれませんでした」

「チャンス？」

ワインで気持ち紅潮《こうちょう》したメグちゃんの頬が、話し始めのときみたいにこわばった。言うべきか、言わざるべきか、そういう迷いが伝わってくる。

「あの、有紗さん、引かないで聞いてくれます？」

「……？　うん」

メグちゃんの黒い瞳が不安げに揺れた。そして。

「実はわたし、神村の家で暮らしていたことがあるんです」

彼女の言葉を待っていたかのようなタイミングで、「お待たせしましたー」と、店員さんがパスタを二つ持って現れる。ブラックペッパーの振りかかったカルボナーラを私の前に、バジルが添えられたポモドーロをメグちゃんの前に。丁寧な動作でセットして去っていく。

その間も、私は早く続きを聞きたくて仕方なかった。何なら店員さんの前でも「それってどういうこと？」と訊《たず》ねてしまいそうなくらいに。

「――はい、どうぞ」

「ありがとう」

メグちゃんがフォークを差し出してくれたのでそれを受け取る。食欲をそそる美味《おい》しそうな香りが立ち上るけれど、気持ちはちっとも食べるほうへ向かなかった。

「どこまで話しましたっけ――そう、神村と暮らしてたってところまでですよね」

メグちゃんはくるくるとポモドーロを巻きながら言った。

「わたし、有紗さんと同じ上京組なんですよ。こっちでアパート借りて暮らしてたんですけど、となりの部屋の人が夜中に大音量で音楽を聴く人で、管理人さんに言ってもあまり改善されなくて。毎日寝不足でヘロヘロだったから、神村や綾瀬にグチってたんです。そしたら神村が『部屋なら余ってるから、次の引っ越し先が決まるまでうちで暮らせば』って言ってくれたんです」

そこまで言うと、彼女はようやくパスタの一口目を頬張った。

「それで、神村くんの家に？」

「はい。……でも、全然色っぽい話じゃないんです。好きな人に『うちに来ない？』って言われたら、期待しちゃったりするじゃないですか。けど、神村は会社から二駅の大きな家に、高校時代の友達と二人で住んでたんです。で、そこに綾瀬も住み始めることになっていたから、わたしもついでにどうかって。ただのシェアハウスってわけです」

「もしかして、一年半前……？」

「就職して半年経つかどうかってころだったから、それくらいですね。有紗さん、どうしてわかったんです？」

「あ、ううん」

同居初日にシンくんが口にしていた内容を思い出していた。

『四人っていうとまたにぎやかになるねー。懐《なつ》かしいなー、一年半前。オレとレイちゃんとリョウくんと、あと――』

あのときは何の話をしているのかわからなかったけど、今ならわかる。シンくんが続けて挙げようとした名前が誰のものだったのか。

「それより、じゃあ何でシェアハウスを抜けたの？」

他の二人は変わらずあの家で暮らしているというのに、どうして彼女だけが出て行ったのだろう。

シンくんは会社の人間じゃないから置いておくとして、レイくんやリョウくんとの関係も良好そうに見えるから、シェアハウスの人間同士で揉《も》めたという線も考えづらい。

「……それが、他の同期の女の子にバレちゃって」

「バレた？」

「はい。一緒に住み始めて二ヶ月くらい経って、ちょうどあの家での生活にも馴染《なじ》み始めて……みんながよければ、しばらくあそこで暮らそうかなと思い始めてたんですが、同期の飲み会から神村と一緒に帰るところを見られちゃいました。それで呼び出しですよ、女子トイレに。女ってそういうネチネチしたことするから嫌なんですよね」

中学生じゃないんだから——と笑い話にしようとしながらも、彼女が傷ついた表情を浮かべているのを見逃さなかった。私もひっそりと同じ目に遭ったからよくわかる。

なるほど。初出社のときの忠告は、そのままメグちゃんの経験談だったのか。

嫌がらせの件で、レイくんが『初めてじゃない』と言っていたことがようやく腑《ふ》に落ちた。

「そのあと神村に『今後のためにも出て行ったほうがいい』って言われました。わたしがほかの女子社員に陰口を叩かれ続けるんじゃないかと案じてくれたからだと思います。……ああ見えて、実は結構優しいところがあるんですよね、アイツ」

知っている、と思った。彼女の言う通り、きっとレイくんはメグちゃんのためにそう促《うなが》したのだろうと。

「楽しい家だったから出て行くのは寂しかったし、わたし自身が何か言われるのも別に構わなかったんです。けど、わたしと一緒に住んでることで神村や綾瀬に迷惑がかかるのは嫌だったんで、すぐに新しいアパートを探して引っ越しました。それからは特に進展なしです——だから」

メグちゃんは一度フォークを置き、改まった様子で私を真っ直ぐに見つめた。

「お願いします、有紗さん。わたしと神村の仲、取り持ってもらえませんか？」

「私が？」

「わたし、神村の見た目だけで近寄ってくる女の子たちとは違うつもりです。同じ家で生活していくなかで、会社で接するだけでは知らなかった部分がたくさん見えて、余計にいいなあ、好きだなあって思えたんです。たまにムカつくこともあるけど、それすら全部ひっくるめて好きって思ってしまったりして」

嬉しそうに笑みを零《こぼ》しながらレイくんのことを話すメグちゃんの顔を見つめていると、懐かしい感情を思い出した。

人を好きになるって、そういうことなんだよなあ、と。

「もう二年も片想いしてるから、いざ告白なんてしたら何を今更って言われそうな気もするんですけど、それでもやっぱり好きなんです」

メグちゃんが何か言うたびに、不思議と、私の脳裏《のうり》には最近ではめっきり思い出すことのなくなった直行との記憶がよみがえっていた。

二年は長い。私が直行と付き合っていたのとほぼ同じ時を、彼女がどんな思いで過ごして来たか。

「……いいよ、メグちゃん」

私は彼女の目を見据えて言った。

「メグちゃんに協力する。私に出来ることがあったら、何でも言って」

「有紗さん……」

メグちゃんは「ありがとうございます」と頭を下げた。

彼女の二年間を無駄にしたくなかった。ううん、本当は私が結果失うこととなってしまった二年間を、自分勝手な感傷で彼女に重ねているだけなのかもしれない。

「引き受けてもらえて嬉しいです。わたし、もしかしたら有紗さんと神村って付き合ってるか、それに近い関係じゃないのかなって疑ってたから」

「まさか」

強めに否定したつもりだけど、唇から零《こぼ》れたのは思いのほか曖昧《あいまい》な声。発したあとに胸のあたりがザワザワした。

何だろうこの感覚。

普通に「違うよ」と言えばいいだけなのに、どうしてそうできないんだろう。

「だって有紗さんと神村、仲よさそうですし……少なくとも神村が有紗さんのことすごく気にかけているのはわかります。わたし、結構神村のこと見てますから」

「………」

「でも、その有紗さんが協力してくれるなら、上手くいきそうな気がして」

お皿の上で冷めていくカルボナーラを見つめながら、私はどう返事をするべきなのか思いを巡らせていた。

私が病院に運ばれてから、レイくんは私にちょっかいを出してこなくなった。彼は、それもストレスの一因だと考えたのかもしれない。冗談っぽく、

『で、いつになったら付き合ってくれるの？』

なんてことは言われたりするけれど、答えを求めていない軽口で、そこからどうこうという展開にはならない。

いい機会かもしれない。レイくんには、こんなに近くでずっと想いを寄せてくれている人がいたのだ。自分の気持ちに確固たる自信を持てない私よりも、これだけ彼を一途に想っているメグちゃんと結ばれたほうがきっと幸せに決まっている。

好意的な返事を受けて、彼女は安堵《あんど》したらしい。もう一度赤ワインを頼んで、ぽつぽつとシェアハウスで過ごしたころの思い出話をしてくれた。

リョウくんが好青年の仮面を被った腹黒男だという話から始まり、シェアハウスのメンバーにコスプレ雑誌のカリスマ読者モデルがいて、その男の子がレイくんに負けず劣らずの美形だとか。

他にも、家の主はレイくんの叔父さんで世田谷の高級住宅街に位置してるとか、食事は当番制だったとか、それぞれの私服や食べ物の嗜好《しこう》の話だとか――「会社の人には内緒ですよ」と添えながら、メグちゃんは更に赤らんだ頬で楽しそうに教えてくれた。

私は冷めてソースの固くなったカルボナーラをちびちびと食べながら、新鮮なリアク

ションをするよう努《つと》めた。

得体の知れない胸のザワつきは増幅するばかりだった。


メグちゃんと別れて早々、電車に乗った私は、自宅の最寄り駅に到着した。

すぐには家に帰りたくない、気晴らしにお酒を飲みに行きたいと思ったけど、そういうわけにもいかない。だから、いつか胃痛に耐えながら歩いたときよりもゆっくりとしたペースで歩き出す。

それにしても、メグちゃんの相談内容にはびっくりした。レイくんのことが好きだなんて、全然、ちっとも、気が付かなかった。

確かに仲がいいなあとは思っていたけど……でも、そうか。……ふうん。

もっとびっくりしたのは、メグちゃんがあの家に住んでいたという話だ。

私がやってくる前に、神村家には女の子の同居人がいたのだ。男の子三人に交じって、メグちゃんが。

一時的に影をひそめていた胸のザワつきがまたよみがえる。

そのとき「あっ」とカーテンのことが頭をよぎった。

レイくんが差し出してくれた、スカラップの施《ほどこ》された、あのミラーレースのカーテン。

明らかに女性が好むデザインのそれは、もしかしたらメグちゃんのものだったのかもしれない。

カーテンだけじゃない。私が今使っているあの部屋に、かつてメグちゃんが暮らしていた可能性もある――

彼女はあの家でどんな生活をしていたのだろう。レイくんや他の二人とどんな話をしていたのだろう。想像するたび、これだけのろのろとしたペースで歩いているにもかかわらず、ジョギングをしているときみたいに胸がドキドキした。

私、動揺しているんだ。

社内で私だけが知っていることを、別の女の子が知っている。そのことに動揺してしまっている。この変な感覚の正体がわかった気がした。

……レイくんは、メグちゃんをどう思っているんだろうか。

絶対に悪くは思っていないはずだ。何せ「一緒に住まないか」と提案するくらいなのだから。

社内の女子社員にあまり愛想を振り撒《ま》かない彼が、メグちゃんにはかなり気を許しているように感じる。そう、特別に。

「特別、かあ……」

ぽつり。改めて口にしてみる。どうして胸が痛むんだろう。

いい話じゃないか。従弟《いとこ》のレイくんと仲のいい同僚のメグちゃん。私にとって大切な

はない。

二人だ。

その二人が結ばれるのは喜ばしいことだし、私が手を貸せるのであれば惜しむつもり

私が彼女の申し出を受け入れたのは間違っていないはずだ。

『で、いつになったら付き合ってくれるの？』

レイくんの言葉が思い出される。

彼は私のどこがいいって言うんだろう。

夜の暗がりのなか、パッと足元が明るくなったので、顔を上げた。

神村家の玄関にはセンサーライトが付いているのだ。時間をかけて歩いたつもりだったけど、もう着いてしまった。ステップを上がり、玄関の扉を開ける。

「ただいま」

「おかえりー」

いつも陽気な声で真っ先に返事をしてくれるのはシンくんだ。すぐとなりのリビングが発信源だろう。パンプスを脱いで、そのリビングへ向かう。

「思ったより早かったねー」

ソファに仰向《あおむ》けに寝転がりながら分厚い少年雑誌を読んでいたシンくんが、視線をこちらに移して言う。

「うん」

「同僚って男？」

シンくんがニヤニヤしながら訊《たず》ねてきた。

「ううん。メグちゃん――黒須恵ちゃんっていう、となりの席の子」

わざとメグちゃんの名前を出してシンくんの反応をうかがったけど、「そーなんだー」と頷《うなず》くだけだった。二ヶ月とはいえ一緒に暮らしていたのなら、「元気？」とか「どうしてるの？」とか訊《き》いたってよさそうなのに。

そういえば同居初日にレイくんがメグちゃんの話をさえぎったりしていたし、一度もメグちゃんの話題が挙がったことはないから、この家では彼女について触れてはいけないことになっているのかもしれない。……変なの。

ダイニングに向かうと、キッチンにレイくんが立っているのが見えた。

「おかえり」

「ただいま。今日はレイくんが当番？」

「そ。時間無かったからシチューにした。……余ったから、ちょっと食べれば」

「ありがと。じゃあ、もらおうかな」

ぶっきらぼうに言う彼に笑って応える。

胃の調子を悪くしてから、私は一度にたくさん食べないようにしている。それが治癒への近道だときいたからだ。さっきのパスタ屋さんでも半分近くを残してしまっていた。だからどうしても頻繁《ひんぱん》にお腹が空く。

それを知っている彼は、きっとわざわざ私の分をキープしておいてくれたのだろう。余ったなんて言い方をしながら、その実、私を気遣ってくれている。彼なりの優しさなのだ。

「黒須と食べてきたんだって？」

リビングでの会話が聞こえていたのだろう。レンジを操作しながらレイくんが訊《たず》ねた。

「そう」

「よかったじゃん。こっちでも友達が出来たみたいで」

「うん。メグちゃんいい子だし。……レイくんも、仲良しなんだよね？」

「まあ、同期入社だし。他のヤツよりはよくしゃべるかもな」

同居するぐらいの間柄だったくせに、と思ったけど、口には出さなかった。

ピーッという電子音が鳴る。レイくんは温めたシチュー皿とスプーンを持って、ダイニングにやってきた。

「ほら」

「わ、美味《おい》しそう」

クリームシチューだ。私は声を弾ませながら一度キッチンに入り、手を洗ってから自分の席に座った。向かい側の、いつもはシンくんが座る席にレイくんも腰を下ろす。

「いただきます」

手を合わせてスプーンを取る。優しい味に心が和《なご》んだ。

「美味しいよ、レイくん」

「当然。安心と実績のシチューの素《もと》だからな」

そう言って、レイくんがテーブルに頬杖をついて笑う。

「シチューの素なしで作るの大変じゃない。それじゃ時短メニューにならないもん」

「それはどーも。……具合、平気？」

私が口元にスプーンを運ぶ姿を眺めつつ、彼が訊ねた。

「うん。外食出来るくらいだし、完治したって言ってもいいんじゃないかな」

「そう。……でもくれぐれも無理するなよ。もうあんなにビックリするのはこりごりだから」

「そこまでビックリしたんだ」

「そりゃするよ。あのときはたまたま早く帰れたからよかったけど、もし間に合わなかったりしたら大変だろ」

「確かに」

「俺、叔母さんに何て説明したらいいんだよ」

「ちょっと、私じゃなくてそっちの心配？」

私が口を尖《とが》らせると、レイくんがくくっと楽しそうに喉を鳴らして笑う。

こういう可愛くないことを言わなければ、もっと素直に有り難がれるのに。

「冗談だよ。……本当に、心臓が止まるかと思ったんだ」

笑み交じりだったレイくんの瞳が、真剣な眼差しになる。

「ひとりで頑張りすぎるな。大変なときは俺を頼ったっていいんだから」

「うん。ありがとう」

頷《うなず》きながら考える。メグちゃんも、こんな風にレイくんが作るご飯を、彼の目の前で食べたことがあるのだろうか、と。

——そんな思考が頭をよぎるのは、レイくんに惹《ひ》かれているからだって気付いている。

でも、自分の気持ちが固まらない私より、ずっとレイくんを見つめてきたメグちゃんのほうがしっかり彼と向き合うことができるのだ。なら、あえてその感情は捨てるべきなんじゃないだろうか。

メグちゃんの恋を応援しよう——それが私のためであり、メグちゃんのためであり、レイくんのためなんだ。きっと。

自分の部屋に戻ると、私は決意が鈍らないうちにと、すぐさまメグちゃんに電話をかけた。

「もしもし――うん、藤堂です。遅くにごめんね、今日はありがとう。……今、少しいいかな？」

電話口のメグちゃんは、いつもよりも少しテンションが高いように感じた。まだお酒が残っているのかもしれない。

「あのね、実は、メグちゃんに黙ってたことがあったの。聞いてもらってもいい？　……うん、ありがとう」

彼女は何だろうと不思議そうではあったものの、「はい」と快《こころよ》く応えてくれた。

「私と神村くんのこと……うん。何となく言い出すタイミングがなかったんだけどね、レイくんは私の従弟《いとこ》なの。……そう、従姉弟《いとこ》同士」

メグちゃんはとても驚いたようだった。

「だからね、メグちゃんが心配するようなことは何もないんだ。レイくんは私の弟みたいなものだし、メグちゃんと上手くいくように頑張ってみるよ。……それを伝えたくて」

言いながら胸のモヤモヤを覚えなくもなかったけれど、これからそうなるように努力するのは嘘じゃない。そのために、彼女にだけ打ち明けることにしたのだ――私たちが従姉弟であると、だから親しい関係にあるのだということを。

メグちゃんは「ありがとうございます、よろしくお願いします」と繰り返していた。

彼女のちょっとはしゃいだ声を聞きながら、そういえばまだカーテンを引いていなかったと思い、窓際へと移動する。

スカラップが付いたミラーレース。メグちゃんのものだったかもしれないそれを隠すように、遮光《しゃこう》カーテンを上から被せる。まるで、自分の気持ちに蓋をするみたいだと思った。

9

「映画？　来週の土曜に？」

週末。夕食のあと、リビングのソファでテレビを見始めたレイくんが、ちょっと意外そうに目をみはる。

丸い瞳の先は、私が差し出した三枚のチケットを捉えていた。

「うん。ほら、私、こっちに来てから休みの日に特別どこかに出かけることってほとんどなかったじゃない？　いきなり遠出をするのも大変だから、まずは都会の映画館デビューから始めようと思ったの。そしたら、メグちゃんも付き合ってくれるっていうから、一緒にどうかなって」

不自然な言い方にならないようにと意識したのが裏目に出て、説明口調になってしまったかもしれない。

「映画館デビューって……。そんなの、どこの地域だって変わらないと思うけど」

「そ、そんなことないよ。こっちは単館上映系も観られるし、VIPなソファシートで観られるサービスとかもあるって聞いたよ」

焦りから、私はまくしたてた。

「……でもそれ、どこでも見られるヤツだし。それに前売りじゃ自由席しか選べないんじゃ？」

レイくんが訝《いぶか》しげに言った。彼の言う通り、私が選んだのは今話題のラブストーリーで、全国上映されているもの。決して東京でしか観られないものじゃないし、特別な席が指定されているわけでもない。

「あー、うん、えっと……い、いきなり冒険するものアレかなと思って」

「……ふうん」

「と、とにかく、レイくんにも付き合って欲しいの。ダメかな？」

レイくんは頭がいいし、勘もいい。これ以上怪しまれないように、早めに約束を取り付けなければ。

「お願い」と、チケットを持ったままの手を合わせる。答えを待つまでのわずかな時間、息が止まりそうな緊張が走る。

「いいよ」

「本当？　ありがとう」

思いのほかアッサリと快《こころよ》い返事を聞くことが出来て胸を撫《な》で下ろす。

そんな私の様子を見て、レイくんはニッと笑みを浮かべた。

「有紗の頼みじゃ断れないだろ。しかも、直々にデートに誘われたわけだし」

「で、デートって！」

そういうつもりじゃないのに。……いや、種を明かせば、ある意味では正解だけど、それは私とレイくんがということではなく。

「違うの？」

「違うよっ、メグちゃんもいるって言ったでしょ」

「俺がそういう雰囲気出してれば、アイツも察してくれたりして」

「だ、ダメッ」

冗談っぽい言い方だけど、目が笑っていない。私は慌てて首を横に振った。

それでは本末転倒なのだ。今回の企画は、彼女とレイくんのためのものなのに。

「ま、いいじゃないか、レイジロ。有紗ちゃんがこうして頼んでるんだし、今回は三人で仲良く行ってこいよ」

ダイニングから、細かい水滴のついた缶ビールを手に現れたのはリョウくん。神村家の冷蔵庫にあるアルコールの買い置きはほぼ彼のものだ。

今日のは、緑地に白で銘柄の書かれたデンマークビール。その食後の一杯のプルタブを開けながら彼が助け船を出してくれる。

「だから行くって言ってるだろ」

「そりゃいいや。最近はメグとかかわる機会も減ったし、ついでに調子でも聞いといて」

「ならお前が直接聞けばいいだろ。……まあでも、わかったよ」

どこか腑《ふ》に落ちない様子だったけれど、リョウくんの働きかけで話がまとまると、レイくんはお風呂を沸かしにバスルームへと向かって行った。

リビングには私とリョウくんが残った。レイくんの足音が遠ざかったのを確認してから、彼は缶の中身をあおりながら小さくため息をつく。

「本当に決行するの？」

「……うん」

「上手くいくかなあ。見たでしょ、今のレイジロの反応」

そう言うリョウくんの目には、いつもの朗《ほが》らかなそれとは違う責めるようなニュアンスが交じっているような気がする。私に手を貸してくれてはいるけれど、まだ納得してはいないのだろう。

メグちゃんに協力すると決めてから、行動に移すまでは早かった。

とにかく二人きりになるきっかけが欲しいと言う彼女に、「それなら三人で会うことにしておいて、当日になってみたら二人でした」というベタな展開に持っていこうと提案したのは、他の誰でもない私だ。

三人で映画を観に行く予定が私は体調不良でキャンセル。偶然と言う名の必然のもと、レイくんとメグちゃんには二人きりでデートを楽しんでもらおうという段取りだ。

この計画を打ち出したとき、私は真っ先にリョウくんに相談しに行った。信頼できる協力者がいたほうが上手くいくと思ったからだ。リョウくんは二人と一緒に生活していたことがあるし、会社でもつながりがある。計画成功の手助けを求めるには適任だ。

けれど最初にお願いをしたとき、リョウくんの返事は芳《かんば》しくなかった。「レイジロの気持ちは、メグとは別のところにあるから」と。

「僕はこういうの、やっぱり反対だけどね」

リョウくんがそのときの言葉をなぞり、ソファに腰を下ろした。

「残酷なことしてるって自覚、有紗ちゃんにもあるでしょ？」

「……残酷、なのかな」

「残酷っていうより鬼畜《きちく》？　レイジロだって、まさか好きな子が、自分と別の女をくっつけようとしてるなんて思わないだろうし」

リョウくんが「僕にはよくわからない感覚だけど」なんて何気ない口調で続けるものだから、余計に心に刺さる。そうだ、客観的に見れば私は酷《ひど》い女なのかもしれない。レイくんが私に好意を持っているのを知りながら、メグちゃんと結ばれるように仕向けているなんて。


「何度も言ってるけど、そういう関係じゃないから」

「レイジロはそう思ってないみたいけど」

そんなのわかってる。私は一呼吸置いてから言った。

「だって私とレイくんは従姉弟《いとこ》なんだよ？」

「従姉弟同士は結婚できるって聞いたよ」

「そうだけど……私にとってレイくんは弟みたいなものなの」

「有紗ちゃんの気持ちは、本当にそうなの？」

リョウくんはビールの残りを確かめるように缶を揺らしながら訊《たず》ねる。

チャプチャプ、という高い音を聞きながら、私はすぐに答えることが出来ないでいた。レイくんを意識し始めている——と正直に認めてはいけないと思った。私がそれを口に出してしまうと、状況が変わってしまうだろうことがわかっているから。

レイくんは弟みたいなものなのに。メグちゃんに協力するって決めたのに。大好きな人を失ったばかりなのに。

頭の中で、彼を想ってはいけない理由を呪文みたいに何度も繰り返す。

これがベストなんだ。私、レイくん、メグちゃん、三人にとって最良の選択。私はきっと間違っていない。

「よくわからないけどさ。その気がないなら、まずはちゃんと振ってやればいいのに」

何も答えない私に痺《しび》れを切らしたのか。リョウくんはそう言ってからまたビールを口にして、苦笑を浮かべた。

「なんて、僕が偉そうに言えたことじゃないよね。余計なお世話か」

「ううん」

そんなことはない。リョウくんの言い分はもっともだし、もし私が彼の立場だったら同じことを言っているだろう。

「ま、心配しなくても力は貸すよ……ただささ」

リョウくんがもう一度缶を振る。

「具合が悪くなったから行けないって理由にしちゃうと、逆効果かなとも思うんだよね。救急車呼んでから、アイツ、有紗ちゃんの体調には敏感になってるから。『俺が一日様子を見る！』なんて言いかねないよ」

それは私も感じていた。でも、他の理由も探してみたけれど、こちらに友達のいない私に約束のバッティングとかは有り得ないし、会社から急に呼び出されるというのも厳しい。やっぱりこれでいくしかないのだ。

「だから、そこの説得をリョウくんにお願いしたいの。私はリョウくんやシンくんに面倒を見てもらうってことにすれば、多分レイくんも心おきなく出かけられると思うし」

「うーん……」

果たしてそうだろうか。言葉にはしなかったけれど、リョウくんはそう案じているに違いない。

ズズ、と音を立てて最後の一口をすすると、彼は空になった缶を手に立ち上がる。

「とにかく最善は尽くしてみるよ。で、上手くいったらビアバーね。もちろん、有紗ちゃんのオゴりで」

「ええ?」

「言ってみれば、こっちは友達騙《だま》すわけなんだから、それくらい安いもんじゃない。できればクラフトビールが置いてあるとこでよろしく」

リョウくんは微笑みを浮かべ、ダイニングへ向かった。一本では足りず、同じものをもう一本取りに行くつもりなのだろう。

——騙す。リョウくんが何気なく放った言葉の鋭さに、気付かないふりを決め込む。

これからやろうとしていることに罪悪感が湧かないわけじゃない。

でも仕方がないのだ。こうするしかない。こうするしか。

胸の痛みを振り払いながら、部屋着のポケットの中に入れていたスマホを取りだして、メグちゃんに話がまとまった旨《むね》をメールすると、すぐに返事が届いた。

そこに書かれていた「精一杯自分の気持ちを伝えてきます」という一文が、いつまでも頭にこびりついて離れなかった。

◆◇◆

決行の日は快晴だった。

待ち合わせは、十二時半に新宿駅。午後一時過ぎからの回を見るにはちょうどいい時間だろう。

十時前、遅めに起床した私は、部屋着のワンピースにノーメイクのままリビングに直行する。

「おはよう」

白いシャツに黒とダークグレーのボーダー柄ベスト、緩めのグレーのパンツというデート向きのコーディネートでコーヒーをすすっているレイくんと、私と同じく部屋着のままでテレビのチャンネルを適当に替えているリョウくんがいた。

シンくんは昨日撮影があり、そのまま飲み会に発展したようで帰りが遅かったから、まだ自室で夢の中だろう。

「……おはよう、有紗」

レイくんがうかがうようにこちらを見ているのがわかる。

朝はもちろん帰宅後や休日でさえ、みんなが使う共同スペースでくつろいだ格好をしない私が、こうして起きたままの姿で現れたことをいぶかっているようだ。

彼の意識が一瞬だけコーヒーに向いた隙に、リョウくんと目で会話をする。意思を確認するように互いに瞬《まばた》きで頷《うなず》くと、

「あれ、どうしたの、有紗ちゃん」

「……うん、何か、調子が悪くて」

私は喉の奥からしぼり出すような声音《こわね》で答えた。ついでに胃の辺りを押さえてみたりもした。

「え、大丈夫なの？　これから出かけるんでしょ」

そう問いかけるリョウくんの口調は、大げさすぎず冷たすぎない絶妙な加減。演技が上手いなあ、と頭の片隅でぼんやりと思う。

「有紗、具合悪いのか？」

手にしていたマグをテーブルに置いてから、かぶせるようにレイくんが訊《たず》ねる。いつもそうしているときより大きな音だったけれど、彼はそれに気付いていない様子で続

けた。

「無理はするなよ。辛いなら今日は休んでたほうがいい」

「う、うん……そうだね。そうしようかな」

レイくんのほうからそう促《うなが》してくれたのは意外だった。すんなりと計画が運んでいることに拍子抜けしていると、彼はパンツのポケットから自分のスマホを取りだして、操作を始める。

「どうしたの?」

「黒須にメール。今日の映画、延期しようって」

「えっ――な、何でっ」

声が裏返ってしまった。レイくんが液晶画面の上で指をスライドさせつつ、顔を上げる。

「何でって、有紗が観たい映画なのに有紗がいないんじゃ意味ないだろ。またの機会にしよう」

「そんな、いいよ。せっかく約束したんだし、二人で行ってきなよ」

「前売りだから今日行かなきゃいけないってわけでもないし。それなら仕切り直したほうがいいじゃん。有紗のことも心配だしさ」

レイくんの言い分は筋が通っていた。私が言い出した企画なのに、本人がいないのであれば意味がない、と。

「で、でもさ、メグちゃんだって休みを空けてくれたんだし。このままドタキャンっていうのは、その、申し訳ないじゃない」

けれど――それが狙いです、だなんてはっきり言えない私は、どうにかレイくんが出かける気になる言葉を探すのに必死だった。しどろもどろに答えると、彼がちょっとだけ厳しい顔をする。

「黒須だって鬼じゃないんだ。有紗が救急車で運ばれて大変な目に遭ったことは知ってるし、それくらい理解してくれるだろ。心配しないで寝てな」

こうやって話をしている間も、レイくんの人差し指は液晶画面の上を滑り続けている。

「レイジロ、行って来いよ」

言葉に詰まっていたところで、リョウくんがさり気なく加勢してくれる。

「僕は今日、特に予定ないから有紗ちゃんの様子見てられるし。お前はメグと出かけてくればいいじゃないか。約束してたんだろ」

「リョウ。でも――」

「別にお前がいたからって有紗ちゃんが早くよくなるわけじゃないし、逆に予定をつぶしてしまったって気ぃ遣って、治りが遅くなるかもしれないぞ」

リョウくんのアシストは的確だった。レイくんの指先が止まる。

「……お願い、レイくん。今日は二人で行って来て？　リョウくんが言ったみたいに、予定通り出かけてくれたほうが私も気が楽だなあ。それで、あとで映画の感想聞かせてよ」

レイくんの気持ちが動きかけているのがわかったから、リョウくんの言葉の威力が薄れないうちにそう畳み掛けてみる。

レイくんは少しの間、私たちと液晶画面を交互に見つめていたけれど。

「……わかった。有紗がそう言うなら」

と言って、しぶしぶスマホをポケットにしまった。

「うん、申し訳ないけどそうしてもらっていいかな。……それじゃあ私、もう少し部屋で休んでくるよ。メグちゃんにもよろしくね」

「何かあったらすぐ呼べよ」

「有紗ちゃん、お大事にね」

「うん、ありがとう」

私はお礼を言ってリビングを出ると、そのまま自分の部屋に戻った。


「有紗ちゃん、起きてるんでしょ？」

ノックと共に、リョウくんの声が聞こえてくる。私は、ベッドの上で丸めていた身体を起こして立ち上がると、そーっと扉を押し開けて、わずかな隙間から外を覗《のぞ》き見た。

「もうレイジロは行ったよ。起きても大丈夫」

レイくんが無事に出かけたことを知らせに来てくれたらしい。私はそのまま廊下に出て、リョウくんに頭を下げた。

「ありがと、わざわざごめんね」

「いいって、美味《お》しいビールのためならね。……あ、お腹空いてない？　今、シンが下で食事の支度してる」

リョウくんが親指で階段のほうを示した。頷《うなず》いてみたけれど、あまり食欲は湧かなかった。

胃が痛い。まるで、仮病が仮病じゃなくなったみたいに。

でもそれは身体ではなく、心の問題に思えた。この痛みはレイくんのことが頭をよぎるたびに訪れるもので、努《つと》めて頭の中を空っぽにしていれば何ともない。

リョウくんに続いて階段を降り、ダイニングの扉を開けると、キッチンのシンクから水音とともにぶわっと湯気が立ち上るのが見えた。

「おはよー、有紗っち。もうすぐパスタできるよー」

シンクからボコン、と何かがへこむような音がした。ということは、おそらくパスタのゆで汁を捨てたのだろう。「うん、おはよう」と返すと、シンくんは待ち構えていたかのような表情で、

「ねーねー、レイちゃんさー、今日女の子とデートしてんだってー？」

と、訊ねてきた。チリッと胃に痛みが走った——気がする。きっとリョウくんがサラッとかいつまんで話したのだろう。

「どんな子なんだろー。気になるなー」

「シンくんも知ってる子だよ」

「オレが？」

「メグちゃん。この家に住んでたんだよね」

今まで何となく訊《たず》ねられなかったことを口にしてみる。すると、シンくんの顔つきが困ったものに変わり、助けを求めるみたいにリョウくんを見た。

私の前にいる彼の表情は確認できないけれど、多分メグちゃんの話題に触れていいのか、判断を仰いだのだろう。

「……あー。うん。あの、別に、隠してたわけじゃないんだけどねー」

以前知らない振りをした負い目なのか、シンくんはちょっと伏し目がちに白状する。

「ううん、別に責めてないよ。だけど、何で黙ってたの？」

「有紗ちゃんがここに住むって決まったときに、レイジロが言いだしてみんなで決めたんだ。メグのことを有紗ちゃんの前で話すのは控えようって」

「って言っても、メグちんが何か悪いことしたとか、そんなんじゃないよー？　……ただ、メグちんが出て行ったときの話をすると、少なからず有紗っちが嫌な思いするかもしれないねーって話になって」

振り返ったリョウくんの言葉に、シンくんがフォローを入れた。

私みたいにあだ名で呼ばれるメグちゃんに、本当にここで暮らしていたんだなと実感が湧いた。

二人によくよく話を聞くと、彼らは、メグちゃんの話になると必ず彼女が同居を解消した理由にも触れなければならないと思い、それを危《あや》ぶんでいたという。会社での女子社員とのあつれきを心配した——つまり、私に配慮してくれていたということだ。

「有紗っちが暮らしにくくなったら、それはいやだからさー」

「ごめんね。そんな風に考えてくれてるなんて知らなかったから」

「いや、有紗ちゃんはわからなくて当然だよ。僕らは気付かれないように黙ってたわけだし、逆にメグの名前を出すまいと敏感になりすぎてたかもしれないな」

「オレ、有紗っちが引っ越してきたばっかの日にうっかりメグちんの名前出しそうになって、レイちゃんに怒られちゃったよねー」

両手に一枚ずつお皿を持ったシンくんが苦笑しながらキッチンから出てくると、定位置に座った私とリョウくんの前にそれらを置く。シンプルなミートソースのパスタ。

「シン、これカンヅメのだろ」

「ピンポーン」

何故《なぜ》か当てられたことに上機嫌なシンくん。自分の分とみんなのカトラリーを持ってテーブルに戻ってきた。

「だってー、お腹空いたんだもん。リョウくんもすぐに食べたそうだったからさー。……おっと、せめて粉チーズくらいは持ってこなきゃねー」

座りかけたところで、粉チーズを求めて再びキッチンに舞い戻る。

「粉チーズで味のクオリティを上げようとするなよ。男の料理はこれだから味気ないよね、有紗ちゃん」

「晩ご飯は有紗っちが作ってよー。昼がパスタだからー、和食がいいな、和食が」

冷蔵庫から粉チーズを取りだすと、シンくんが小走りに戻ってきて席に着いた。

「残念、有紗ちゃんは体調が優れないから安静にしてなきゃならないんだ。和食が良いならおにぎりでも作ってやろうか」

「えぇー。てかやだよー、おにぎりなんてもっと味気ないしー」

「文句言うな。レイジロが帰ってきて、有紗ちゃんが家事やってんの見つけたら機嫌悪くなるだろ」

シンくんには、リョウくんの判断で仮病のことは伏せてある。レイくんが帰って来たときに、嘘が下手そうな彼が失言をしないために……ということらしい。だから私はシンくんの前でも具合が悪い振りをしていなければならないのだ。

「それもそっかー。……ならいっそ、今日はデリバリーにしよー？　レイちゃんはどーせお泊まりしてくるんだろうし、オレらも少しは楽したっていいよねー」

シンくんがパッと表情を明るくして提案する。いつもなら笑って聞ける応酬《おうしゅう》だけど、今の私にとっては胸が苦しくなるフレーズだった。

『お泊まり』――そうだよね。

メグちゃんはレイくんが好きなんだし、レイくんさえ応じれば今日そうなる可能性だって十分あるのだけど……理屈とは別に、想像したくないと思ってしまう。

「いただきまーす」

彼は手を合わせて早々に粉チーズを取ると、ミートソースの上から粉雪のようなそれをてんこ盛りに振りかけた。

「……うん！　多めに入れると重たい味になって悪くないよー」

「もうミートだかチーズだかわかんなくなってるな」

リョウくんはチーズ多めのパスタを美味《おい》しそうに頬張るシンくんを笑いながら、自分のお皿には適量を振りかけて私にパスをする。私もリョウくんにならって控えめに振って、テーブルの中央に置いた。

「悪くないけど、やっぱ会社の裏にある『ヴィオーラ』に行っちゃうと舌が肥えちゃってダメだよな。普通のパスタが食べられなくなる」

リョウくんが一口食べて感想を述べる。あの生パスタ屋さんは彼もお気に入りらしい。

私も少量を巻いて口に運ぶ。

彼の言う通り、あのお店のものと比べてしまうとどうしても差を感じてしまうけど、でも、今私が感じている味気なさはパスタのせいだけじゃない。軟らかめにゆで上がったパスタをかみ締めながら、となりの席を見た。そこに居るべき人がいない席。

そろそろ電車から降りてメグちゃんと合流しようという頃合いだろうか。いや、もう合流したあとなのかもしれない。

待ち合わせの改札口を出て、カップルや仲間同士がいつもの二倍はいるであろう休日の繁華街の人ごみの中を、はぐれないように肩を寄せ合って歩く姿が目に浮かぶ。

時折距離ができそうになったときは、レイくんがメグちゃんの手を引いたりなんかして。そのうち、つないでいたほうが自然だなんて思うようになって。二人の距離が急速に縮まって――

「――ねー、有紗っちー。有紗っちってばー！」

気が付くとシンくんが私の顔の前で「見えてますかー?」と問い掛けるように、手のひらを往復させていた。

「リョウくんの話聞いてたー?」

「……あ、ごめん。何?」

話の予想がつかないくらい、別のことを考えてしまっていた。

「もー。メグちんと、その『ヴィオーラ』に行ったんでしょ、って。どうだったー？」

「……うん、そうだね、美味《おい》しかったよ。生パスタって食べたことなかったけど、また食べたいと思った」

「そうそう、あそこのパスタ病みつきになるんだよ。うちの会社でもハマってるヤツ多くて――」

二人にそうやって答えながら、内心ではとてもショックだった。

何がって、レイくんとメグちゃんのデートを勝手に想像し、それで頭がいっぱいになってしまっている自分に。

気になって仕方がないだけならまだいい。問題なのは、二人の仲睦《なかむつ》まじい姿を想像するのを、怖いと感じてしまっていたのだ。

どうして怖いって思うの？

嫌な感じに心臓が脈打つ。これでよかったんだろうか。私の選択は本当に間違ってなかったのだろうか。

「ねえ、有紗ちゃん。本当にこれでよかったの？」

それまでナチュラルにかき消されていた周囲の音がカットインする。居眠りから覚めたみたいに、私の意識がダイニングのテーブルの上に戻ってくる。

「さっきから上の空だけどさ……後悔してないの？」

「……後悔？」

「そこまで言わないと、伝わらない？」

リョウくんが静かに訊《たず》ねた。まさか何を指しているのかわからないわけがないだろうと。そんな語調で。

もう私の中で答えは出ていた。けれど、それを認めるわけにはいかない。

認めた瞬間、私はメグちゃんも、レイくんも、そして自分自身の気持ちをも、欺《あざむ》いてしまったことになる。そんなの報われないじゃないか。

「え、何？　どーしたの？」

「お前はちょっと黙ってて」

要領を得ないシンくんが不思議そうに訊ねたのをリョウくんがたしなめ、そして続ける。

「自分の感情に素直になるのはそんなに悪いことなのかな」

「…………」

「色々考えて躊躇《ちゅうちょ》するのはわかる。でも、もっと単純に行動してもいいような気がするよ」

リョウくんの言葉が押し込めようとした感情をほじくり返してくる。

「――簡単に言わないで」

お腹のあたりがカッと熱くなって思わず声を荒らげた。

同じ問題を何周も考え続けたものだから、何が正解なのかわからなくなってしまっていた。自分自身の導き出した回答に対する自信が、グラグラと揺らぐ。

彼が言うように、私の思うままに行動することだって可能なのかもしれないけれど、到底出来る気がしなかった。

レイくんを想うメグちゃんの気持ちはどうなるの、とか。

従弟《いとこ》である彼をそんな風に見ちゃいけない、とか。

これ以上の失恋を重ねて傷つきたくない、とか。

いろんな感情が複雑に交錯して、私をがんじがらめに縛りつけている。もう、全く身動きがとれなくなってしまっているのだ。

「……お願い、もうそっとしておいて。メグちゃんに協力するって決めたの」

「有紗ちゃん」

「ごめんリョウくん。今更どうにもできないよ」

冷静さを欠いた今の状況では、そう伝えるのが精一杯だった。

彼もそんな私の反応を目の当たりにして、精神的に余裕がないことを悟ったのだろう。

一つ息を吐いてから、緩く首を横に振る。

「……いや。有紗ちゃんがいいなら、僕が口を挟む理由なんてないよ。こっちこそごめん」

リョウくんはそれだけ言うと、止めていた手を動かして食事に戻った。

「ねー、さっきから何の話？　オレ、全然付いていけてないんですけどー」

私とリョウくんとの間に走った緊張を感じつつも、好奇心に負けたシンくんが会話に入ってくる。

「こっちの話。でもって、もう解決したからいいんだよ、気にするな」

「えー、オレだけ仲間外れみたいじゃんー」

「いいから――それよりシン、パスタのゆで時間はもう少し短めのほうがいいんじゃないか？」

「え、もっと硬いほうがいいの？」

釈然としないシンくんを別の話題に誘導するリョウくん。二人のやりとりをどこか遠くの世界の出来事のように眺めていた。いや、ただ瞳に映していた。

頭の中が、いろんな色の絵の具を混ぜたみたいにぐちゃぐちゃだ。

何も考えたくない、と思った。

『自分の感情に素直になるのはそんなに悪いことなのかな』

リョウくんの言葉が再生されると、鼻の奥のほうがツンと痛んだ。

こんなにもレイくんのことを好きになってるなんて――気付きたくなかった。

にぎやかなだけでちっとも関心のないテレビ番組を流している間に、窓の外の太陽がかげり始める。

リョウくんは昼食のあとすぐに自分の部屋へ戻り、リビングには私とシンくんだけが残った。きっと、私に気をきかせてくれたのだろう。事情を知っている彼が傍に居ると、私がリラックスできないと思って。

「有紗っち、具合平気？　お茶でも飲む？」

「ううん、大丈夫。ありがとう」

「……そう」

私が微《かす》かに首を横に振ると、となりで今度コスプレをするらしい漫画作品のコミックスを読んでいたシンくんが悲しそうな顔をする。

「気にしないで。だいぶいいから」

シンくんはシンくんで、具合が悪い――ふりをしている――私を心配して、声を掛けてくれる。二人に気を遣わせてしまって、本当に申し訳ない。

「……気分よくなってきたし、やっぱり夕食は私が作るよ。シンくん、和食がいいんだっけ？」

「えっ、いいの？」

何かに集中していないとどうにかなりそうだった。時間はたっぷりあるのだし、普段は作れないような手間のかかるものにでもチャレンジしてみようか。足りないものがあれば買いに出かけるのもいい。

そう重い腰を上げたとき、玄関の扉が勢いよく開くのがわかった。思わずシンくんと顔を見合わせる。

間を空けずに今度はリビングの扉が開いた。出て行く前と同じ格好をしたレイくんが、そこに立っている。

「おかえり、レイちゃん。早かっ――」

「どういうことだよ」

シンくんの言葉を待たずにレイくんが言った。無論、その言葉は声を掛けたシンくんに向けられたものではない。ソファの前で立ち尽くす私に対して向けられたものだ。

「……おかえりなさい。随分早かったね」

「俺の質問に答えて。どういうことだ？」

レイくんが怒っているのが表情から、語調から、ハッキリと伝わって来た。いつもまとっている飄々《ひょうひょう》とした空気が一切感じられない。私の見たことのない彼だった。

「仮病使ったんだって？　俺と黒須を二人きりにするために」

「……メグちゃんはどうしたの。もう別れたの？」

「だから、俺の質問に答えろって言ってるだろ！」

レイくんがこんな風に感情に任せて言葉を荒らげるのを見たのは初めてだ。何て返したらいいのかわからなくなって、黙り込んでしまった。

「ちょ、ちょっと待ってよー、何興奮してるの、レイちゃん。デートだったんなら、そんなにカリカリしなくたって」

「デート？」

レイくんの顔がより険しくなる。私を見据えていた瞳を、今度はとなりで手をわたわたと動かすシンくんに向けた。

「お前も一枚かんでたわけか」

「へっ？　何のこと？？」

「とぼけるなよ。今日のこと、お前も知ってて黙ってたんだろ」

私に対しての憤《いきどお》りが、そのままシンくんへと移行しているのがわかる。

シンくんはとぼけているわけじゃない。リョウくんからごく限られた情報を聞いただけの彼は、本当に知らないのだ。

「な、何そんなに怒ってるんだよー。それよりデート、どうだったわけ？」

「お前……！」

おそらく無意識なのだろうけれど、シンくんの言葉がレイくんの感情の火に油を注いでしまう。

一触即発の雰囲気の中で、階段から足音が聞こえてきた。

「おかえり、レイジロ。随分早かったんだな。……どうかしたのか？」

レイくんの向こう側からリョウくんが現れる。彼はそう訊《たず》ねながらも、一体レイくんが何を訴えかけているのか、大方予想がついているようだ。

レイくんは無言でリョウくんを一瞥《いちべつ》してから、目線を私たち二人に移した。

「黒須と会って来たよ。映画観てカフェでちょっと話してたら、好きだって言われた——有紗たちの狙い通りにな」

「それで、レイジロは何て答えたんだ」

リョウくんの問いかけに、レイくんは少しだけ後ろを振り返った。

「好きな人がいるからって断ったよ」

「……断った」

私が呟《つぶや》く。悲しいようなホッとしたような、妙な気持ち。そんな風に感じてしまう自分が嫌だとも思った。

「そのとき黒須に教えてもらった。今日の段取りは有紗に協力してもらったって」

「………」

レイくんのなじるような視線から逃れるようにうつむいた。

「仮病使って、俺と黒須が二人きりになるようにしたんだろ。俺と黒須が上手くいくように有紗が考えてくれたって――間違いじゃないんだよな？」

「……うん」

この期に及んで取り繕《つくろ》ったりする気はない。

素直に認めると、憤り一色だった彼の顔に、別の感情がにじむのがわかった。

悲しいとか、悔しいとか、辛いとか。そういったものが交じり合った感情。

レイくんの引き締められた口元を見やる。彼は、表面の色が少し白っぽくなるほど、唇をかんでいた。

「わざわざこんな手の込んだ茶番を仕込んでまで、遠まわしに拒絶するくらい、俺の気持ちが迷惑だったってことなんだな。……そこまで負担に思われてるなんて知らなかった」

違う、迷惑なんかじゃない――と喉まで出掛かったけど、それが音として発されることはなかった。

彼がかんだ唇から赤いものがにじんでいる。ふっと『失恋の味』という言葉が浮かぶと同時に、私は、息が出来なくなるくらいに苦しくなった。

彼は怒っているんじゃない。傷ついているのだと、今更のように心で感じた。

『残酷なことしてるって自覚、有紗ちゃんにもあるでしょ？』

　リョウくんの言葉がよみがえる。

「……あんまり有紗ちゃんを責めるなよ、レイジロ。有紗ちゃんもいろいろ考えて――」

「いいの、違うの」

庇《かば》ってくれようとするリョウくんの言葉をさえぎって、私は子供がいやいやをするように首を横に振った。

違う。考えたつもりで、ちっとも考えてなかった。一番大切に、真剣に考えなければいけないことを、完全に見失ってしまっていた。

「リョウ、お前も知ってたんだな。今日のこと」

訳知り顔のリョウくんを振り返り、レイくんが訊《たず》ねると、彼はためらいつつもこくりと頷《うなず》く。

　それを確認したレイくんは自嘲気味に笑った。

「知らなかったのは俺ひとりってわけか。へえ、そう」

ゆらり、とレイくんが歩き出す。

「おい、レイジロ待てって――」

「触るなよ」

引き留めようとリョウくんが伸ばした手を振り払う。ぱしん、と乾いた音が聞こえた。

「……もう、お前らの顔は見たくない。ひとりにしてくれ」

リョウくんの横をすり抜けて、レイくんが階段を静かに上がっていく。

その間、私も、リョウくんも、シンくんも、動くことができずにいた。いつもはムードメーカーで、今回の事情をほとんど知らないシンくんでさえ、神妙な面持ちでフローリングをじっと睨んでいた。

10

結局、自分のことしか考えていなかったのだ。

自分の気持ちに正直に、真っ直ぐにぶつかってきてくれるレイくんに惹《ひ》かれていく一方で、そんな自分にブレーキを掛けなければと焦っていた。

もう失恋して泣くのは嫌だったから。これ以上傷つきたくない。ここでまで居場所を失ってしまったら、耐えられないと思った。

弟みたいだからとか、メグちゃんがレイくんを想っているからとか、そういうものを免罪符にして、自分の気持ちに蓋をした。もう二度と、傷つかなくてもいいように。

……結果、レイくんを傷つけてしまった。

こうすることがみんなのためと言いながら、逃げていただけだったのだ。

失恋からも。レイくんの気持ちからも。

ベッドに沈んでいた身体を起こして、立ち上がる。明かりをつけていない室内は、日がかげるにつれて薄暗くなっていた。照明のスイッチを押してから、カーテンを引きに窓際に移る。

外側の遮光《しゃこう》カーテンを引き寄せながらミラーレースのカーテンが目に入って、メグちゃんを思った。

二年間の片想いが終わってしまったメグちゃん。彼女の片想いに自分の過去の恋愛を重ねて、上手くいって欲しいと願ったのは嘘じゃない。

けれど、私はいたずらに彼女を振りまわしてしまっただけなのかもしれない。

ごめんね、メグちゃん。

ごめんね、レイくん。

悪いのは私。ずるくて弱くて、臆病な私。

自分自身のふがいなさにやりきれない気持ちでいると、小さく扉を叩く音がした。静まり返った部屋では、微《かす》かな物音でも存在感がある。

「はい」

誰だろう。ちょっと緊張した声で返事をして、扉に向かう。

扉の向こうに立っていたのは、リョウくんだった。

「あ……」

「しっ」

リョウくんが口元に人差し指を立てた。

彼の顔を見て、安堵《あんど》が半分、落胆が半分。バカみたい。レイくんが訪ねてくるはずなんてないのに、ほんの少しだけ期待してしまっていた。顔を合わせたとしても、何を話したらいいのかわからないのに。

「ごめん、ちょっと時間いい？」

リョウくんは私がそんなことを考えているなんて気付いていないだろう。内緒話をするような声音《こわね》で訊《たず》ねた。私は「うん」と、言葉少なに頷《うなず》く。

「話があるんだ。できれば、レイジロに聞かれないようにリビングに下りて欲しいんだけど、いい？」

向かいの部屋にちらりと視線を投げる彼に、私はまたしても頷いた。

リビングにはシンくんの姿もあり、昼間と同じくソファに深く腰掛けていた。

彼は私を見つけると「有紗っち」と名前を呼び、自分のとなりに座るように促《うなが》したのでそれに従う。

最後に部屋に入ったリョウくんが、扉を背にして寄り掛かり、言った。

「レイジロに顔見たくないってタンカ切られたから、リビングにしてみたけど」

「……ごめんなさい。私のせいで」

顎《あご》で上階を示しながら冗談っぽく言うリョウくんに、私は頭を下げた。

「リョウくんは、こんなことしないほうがいいって忠告してくれたのにね。……シンくんも。二人まで巻きこんじゃって、本当にごめん」

「いやー、正直イキナリ怒られてめちゃくちゃ焦ったけどさー、さっきリョウくんに説明してもらってやっと理解したわー。オレもリョウくんも気にしてないから、オレたちのことはいいよ」

シンくんが「ねえ？」とリョウくんの顔を見る。リョウくんは「ああ」と頷《うなず》いた。

「シンが言うように僕たちのことはいいんだよ。問題は――」

リョウくんはそう言ってもう一度上を仰いだ。

「……有紗ちゃん、僕、前に訊《き》いたよね。メグに協力して後悔しないのかって。あのときは答えを聞きそびれちゃったけど、本当のところはどうなの？」

「本当のところ……」

「じゃあもっとシンプルに聞くよ。レイジロのこと、どう思ってるの？」

リョウくんに訊《たず》ねられた瞬間――

「好きになってた」

私は淀《よど》みなく答えていた。

「異性として、レイくんのことを好きになってた。……もう、遅いけど」

「遅い？」

「だってそうだよ。私、彼を他の女の子とくっつけようとしたんだよ。残酷に。鬼畜《きちく》に」

リョウくんと同じ言葉で言った。私はそれくらい酷《ひど》いことを、レイくんにしてしまったのに。

「今更わかったって遅いの。今日のことで、もうレイくんの心は離れてしまったから」

「えー、何でそう決めつけるのー？」

ソファの上にあぐらをかいて、シンくんが不服そうな声を上げる。

「決めつけるも何も、あんなレイくん初めて見たもの。私が騙《だま》すようなことをして、すごく怒ってるだろうし、それ以上に傷ついてる。私のことなんて軽蔑して、嫌になったに決まってるよ」

「その回答だと二十五点かなー。すごく傷ついたっていうのはアタリで、あとは不正解。ねっ、リョウくん？」

学校の先生よろしくシンくんが言うと、リョウくんも大きく頷いて続けた。

「ついでに、怒っているっていうのは半丸だね。ただし、怒っているのは騙したことにというより、有紗ちゃんが仮病を使ったことにだよ。もっと言えば、体調を言い訳にしたことかな」

「そーそー。要はさー、レイちゃんてば有紗っちの身体のことを超心配してるからー、そういう部分突かれると痛いわけよー」

「つまり、有紗ちゃんのことが好きだから怒ったってこと」

二人は、レイくんの思考を見透かしているかのような口調で、私とは対照的な明るさをまとって言う。

「……もしそうなら、『顔も見たくない』なんて言わないいんじゃない？」

私たちに向けられた言葉には刃《やいば》のような鋭さが宿っていた。よっぽどの逆鱗《げきりん》に触れないと、あんな言い方はしないだろうに。

「あれは別に有紗っちにじゃなくてー、オレとかリョウくんに言ったんでしょー？『みんなでグルになって俺をハメやがって』ってー」

「違うよ。『お前ら』って、複数形だったもん」

「だからオレとリョウくんのことだってー。ネガティブだなあー、有紗っちって」

この状況でポジティブになれる人のほうが珍しい。やれやれと肩をすくめるシンくんにそう反論しかけたとき、リョウくんが「わかった」と軽く両手を打った。

「僕たちの見解を話してもなかなか信じてもらえないみたいだから、一つ、昔話を聞いてもらうっていうのはどう？」

「昔話？」

「何それ面白そー。いいねー、さんせー！」

「ねえ、どういうこと？」

「まーまー、とにかく聞いてみようよ。せっかちは長生きできないよー？」

『どうどう』とシンくんにたしなめられながら、その昔話とやらに耳を傾けることを余儀なくされた。

「――昔々、あるところに、女の子と見紛《みまが》うくらいの可愛らしい男の子がいました」

語り手はリョウくん。両腕を組んで、まさに子供に絵本を読み上げるときのようなゆっくりとしたペースで話し始める。

「その男の子は性格も大人しく、いつも他の男の子や、ときには女の子にまでいじめられては泣いていました」

「うわー、かわいそー」

シンくんが、あまりそう思っていないような、わざとらしい茶々を入れる。

「その男の子には、唯一《ゆいいつ》と言っていい味方がいました。その味方は、一つ年上の従姉《いとこ》のお姉さんで、いつも優しく、かつたくましく男の子を守ってくれました」

「えっ」

それって、と思う。聞き覚えのある話だ。

私の反応をうかがいながらリョウくんは続けた。

「お姉さんは『思っていることはちゃんとわかるように言わないと、相手に伝わらない』とよく言っていました。男の子はお姉さんの口癖を心に刻み、自分もそうなりたいと思うようになりました」

『おもっていることは、ちゃんとわかるようにいわないと、あいてにつたわらないんだよ！』

泣きベソをかいたレイくんの顔が思い出される。あの言葉を、レイくんは覚えていてくれたのだ。

「超がつくほど内気だった男の子が、自然に自己主張をできるようになったころ、お姉さんと会う機会はなくなっていました。自分を変えてくれたお姉さんに感謝をしていた男の子は、いつかお姉さんに会って、直接お礼が言いたいと思うようになりました」

「いい話じゃーん。それでそれでー？」

急かすようにシンくんが先を促《うなが》す。

「だいぶ時間が経ち、青年になった男の子とお姉さんが、久しぶりに顔を合わせる機会ができました。お姉さんの弟——男の子から見れば従兄《いとこ》にあたる人物の結婚式があったからです。そこで青年は、お姉さんとの再会を果たすことになります」

「優也の結婚式……」

でもおかしい。レイくんは仕事で来られなかったはずなのに。

「式と取引先との商談が重なってしまい、青年は仕事を終えたあと、間に合わないだろうことを覚悟しながら会場に向かいました。到着したのは披露宴が終わる時間帯。会場ではちょうど来賓客《らいひんきゃく》の見送りをしているところでした。新郎新婦とご両親の傍《かたわ》らに、面影の残る女性を発見しました――お姉さんです」

レイくんは会場に来ていたんだ。しかもそこで、私を見つけていた。

「二十四歳のお姉さんは、優しく面倒見のいい雰囲気はそのままに、美しく成長していました。綺麗だなと、しばらく立ち止まり目を奪われていたほどです」

『俺だってびっくりしたよ。有紗が急に大人になってて』

『……綺麗になったよね』

引っ越してきた夜――じっと見つめられながら、レイくんにそう言われたことを思い出す。もしかしたらあの台詞《せりふ》は、一年前にも思ってくれていたの？

「思わず駆け寄りたくなりましたが、他の親戚に話しかけられているうちに、お姉さんの姿を見失ってしまいました」

「え、じゃあそのときは挨拶《あいさつ》できなかったってこと？　何で？」

シンくんが私に向かって不思議そうに訊《たず》ねてきたので、頷《うなず》きを返す。確かあのときは、車椅子の祖母を車まで送って、そのまま私も駅まで乗せてもらったんだと記憶している。レイくんと入れ違ったのだ。

「こらシン、一応誰のことかわからないように話してるのに、直接訊《き》くなよ」

「だってーじれったくてー」

それにちょっと飽きてきたしー、と本音をもらす。せっかちは長生きできないって台詞《せりふ》は、彼のものだったはずなのに。

リョウくんは「わかったよ」と一呼吸入れてから、普段の口調に戻して続けた。

「で、冬の終わり。レイジロの母さんを通して、有紗ちゃんの近況を聞いたみたいなんだよ。……こんなこと僕が知ってるのも微妙なんだけど、有紗ちゃん、地元で、その、辛いことがあったんだって？」

明確に何があったとは示さなかったけれど、リョウくんも事情を知っていることがわかった。

「元気がなくて塞《ふさ》ぎこんでるって聞いて、どうにかしたいって思ったんだと。小さい頃に自分を励ましてくれた有紗ちゃんを、今度は自分が元気付けてあげたいって。美談でしょ」

「ヤバい、オレ感動しちゃったー。レイちゃん、いいとこあるじゃん」

となりを向くと、シンくんの長い睫毛《まつげ》が少し濡れているように見えた。

「……だから就職を勧めてくれたり、シェアハウスに呼んでくれたりしたってこと？」

リョウくんが頷《うなず》く。

「レイジロはさ、にぎやかな環境なら有紗ちゃんが明るくなれるんじゃないかって思ったみたい。だからシェアハウスに呼んで、元気付けたかったんだと——でもそれは、ただ昔世話になった恩を返したいってだけじゃなくて」

「……？」

「結婚式の日、有紗ちゃんに目を奪われたレイジロは、それまで抱いていたお姉さんへの感謝の気持ちが、異性に対する恋愛感情に変わっていくのを感じたんだよ。わかりやすく言えば一目ぼれってやつだ。……好きな子のために何かしたいっていうのは、自然な気持ちじゃない？」

「……一目ぼれ」

知らなかった。そんな前から、彼が私に好意を寄せてくれていたなんて。

それだけじゃない。私の東京での生活は、全部、レイくんの優しさや思いやりの上で成り立っていたのだ。

リョウくんは腕を上下組みかえて口を開いた。

「つまり、何が言いたかったかっていうと——これだけ深く有紗ちゃんのことを気にかけてるレイジロが、ちょっとやそっとのことで気持ちを揺るがせたりはしないってこと」

「あはは、確かにねー。何だか執着とか執念って感じもするもん。簡単に心変わりはしなさそうだねー」

笑い合いながら二人が頷く。

まだレイくんは私を想ってくれているのだろうか――

「有紗ちゃん的には、小さいころから知ってる仲で戸惑う部分もあるかもしれないけど、ひとまずそれは置いといていいんじゃないの。別に悪いことしてるわけじゃないんだし、一人の男としてレイジロのことちゃんと見てやってよ」

「リョウくんいいこと言うー。女性関係がグチャグチャな人の言葉とは思えないよねー」

「グチャグチャなつもりはない。そもそも自由恋愛主義だからね、僕は」

「うわー、またそんなこと言ってるー……」

やっぱり引く――そんな目でリョウくんを見ているシンくんに、私はくすっと笑みを零《こぼ》した。

「ありがとう、リョウくん、シンくん。自分がどうしたらいいのかわかった気がするよ」

二人に背中を押してもらって、レイくんと話をする勇気が持てた。

私が顔を上げると、リョウくんは扉に預けていた身体を離して、私のために道を空けた。

「頑張ってねー、有紗っち」

「上手くいったら、今度こそビアバーだから。クラフトビールが置いてある店、期待してるよ」

「……うん！」

笑顔で送りだしてくれる二人に、私はソファから立ち上がって頷いた。リビングの扉を押し開けて廊下に出る。行く場所はもう決まっていた。

廊下の一番奥の左――私の部屋の向かい側。

私は扉の前に立って深呼吸をする。

――素直な気持ちを話すだけでいい。レイくんが許してくれるかどうかは彼が決めることだ。そう自分に言い聞かせて、三回、ノックをする。コンコンコン。

「……レイくん、私」

応答がない。めげずに続けた。

「お願い、レイくん。少しでいいから、話を聞いて欲しいの。……よかったら、ここを開けてもらえないかな」

向こう側からは物音一つ聞こえない。

もしかしたら眠っているのかも――そう思ったとき、フローリングがきしむ音が聞こえた。静かに扉が開く。そして、感情の読めない表情のレイくんが覗《のぞ》いた。

「入って」

彼は短く告げると、私を部屋に入れた。

「あ――ありがとう」

レイくんの部屋に入るのは初めてだ。レイくんに限らず、シェアハウスに住む他の二人の個人部屋も知らない。

私と線対称の間取りだけど、雰囲気は全然違う。全体をブラウンとブラックでまとめた部屋は、温かみがありつつ都会的な印象もある。私の部屋にはないテレビや高そうなオーディオコンポ、デスクトップのパソコンやそのラックなどがそう思わせるのかもしれない。

「椅子とかないから、ここ座って」

レイくんが示したのは窓際の端に配置されたベッド。シーツからカバーまで全て真っ黒なそれは、ホテルみたいにきちんとメイキングされている。

彼が先に座ったのを確認してから、私も腰掛ける。なんとなく距離を開けてしまったのは、気まずいからだ。

「……で、何？」

少し時間が経ったからなのか、彼は落ち着いていた。感情的な言い方ではないけれど、だからこそちょっと怖いと思ってしまう。

でも、ここで引いてしまってはダメだ。『思っていることはちゃんとわかるように言わないと、相手に伝わらない』のだから。

「レイくんに伝えることがあって来た」

身体を彼のほうに向けて座りなおすと、レイくんは無言で先を促《うなが》す。

「さっきは騙《だま》すようなことして、ごめんなさい。それと……今になって言うことじゃないけど、私、レイくんが好きなの」

対面の彼の瞳が驚いたように大きく見開かれる。

やっと言えた。嘘偽りのない、私の本当の気持ち。

一度吐きだしたら、もう止まらなかった。

「いきなりレイくんにキスされたり、迫られたりして、最初は戸惑った。久しぶりに会ったばかりなのにそんなことしてくるんだから、からかわれてるんだろうって。しばらくは、私も本気にしてなかった。……でも、私が身体を壊して救急車で運ばれたあの日ね、レイくんが私のそばに寄り添っていてくれて――嬉しかった」

話しながら両手をきゅっと組んだ。あのときの彼の温もりを思い出すように。

直行と別れてからずっと抱き続けてきた、どうしようもない孤独感から解放してくれたあの手。レイくんの手。

「そのときくらいからだと思う。レイくんに気持ちが傾いたのは」

「じゃあ何で、黒須と俺が付き合うように仕向けたりしたんだよ」

「…………」

レイくんの言葉はいつもストレートだ。そういう部分に惹《ひ》かれたのだけれど、だからこそ自分の愚かさを思い知らされる。それでもありのままに、素直に答えようと思った。

私は、自分の気持ちに一番フィットする言葉を選んだ。

「仲良しのメグちゃんに『レイくんのことがずっと好きだった』って打ち明けられたときにね、考えちゃったんだ。自分の気持ちがちゃんと見えてない私よりも、一途なメグちゃんとのほうがいいんじゃないかって。結果的にそれでみんなが幸せになれるなら、それが一番いい方法だと思ったの。——でも、本当の理由は、そうじゃなかったんだ」

自分の気持ちに嘘をつくのをやめた今ならはっきりわかる。私が何を恐れて躊躇《ちゅうちょ》していたのか。

「もう一度人を好きになるのが怖かったの。好きって認めちゃいけない気がした。認めて、結ばれたとしても、またダメになっちゃったら立ち直れない。もうあんなに苦しい思いはしたくないって……それで、レイくんからも自分の気持ちからも逃げてた。それが一番楽だったから」

私が取った手段はあまりに卑怯だった。メグちゃんに協力するふりをしながら、レイくんの幸せを願うふりをしながら、自分自身を守っていただけ。

自分の弱さを明け透けに告げる私の顔を、レイくんはじっと見つめていた。

今、私は彼の瞳にどのように映っているのだろう。そして、彼はそんな私をどんな風に思っているのだろう。

「……俺が大人になった有紗を見たのは、あのときが最初じゃない」

「うん。そうなんだってね」

私の言葉に、レイくんが驚く。

「リョウくんに教えてもらったの。レイくん、優也の結婚式に来てくれてたんだってね。入れ違いになっちゃったけど」

「リョウか。アイツ、ペラペラしゃべりやがって」

「全部聞いたよ。私、何にも知らなかった。……それなのに、そんなレイくんの気持ちを踏みにじるようなことをして、本当にごめんなさい」

きまり悪そうに視線を外すレイくんに、深々と頭を下げた。

こんな風に謝ったからって、私のしたことが帳消しになるとは思っていない。でも謝りたかった。私に様々な角度から救いの手を伸ばしてくれた彼に。

頭の上にふわりと温かな感触と重みを覚える。レイくんの手のひらだとわかると、私はきつく閉じていた瞳をそっと開け、顔を上げた。

「……今俺が考えてること、わかる？」

不意に彼が訊《たず》ねる。私は当惑しながら首を横に振った。

彼からどんな言葉が返ってくるのか、想像がつかない。

気が付くと、レイくんの顔が見えなくなっていた。かわりに、胸に、背中に、温かな感触。

　抱きすくめられたのだと知り、慌てて声を上げた。両腕をがっちりと背中に回されて身動きがとれない。

「すげー嬉しい」

　レイくんの手の力が緩み、少しだけ彼の身体と距離ができる。胸が早鐘《はやがね》を打つのを感じながら、彼の表情を見る。彼は言葉のまま、嬉しそうに微笑んでいた。

「許して、くれるの？」

「許すも何もないだろ。有紗が俺のこと好きだって言ってくれたなら、俺はそれで満足だから……って、何泣いてんだよ」

　言われて気付いた。私は、泣いていた。

　一瞬のうちに、どこからやってきたんだというくらいに溢れる涙。

　悲しい以外の感情で泣くのは久しぶりだった。涙を流すときはいつも鬱々《うつうつ》とした気持ちに支配されていたけれど、今回は違う。息が苦しいし、あとで瞼《まぶた》が重くなるだろうけど、この感覚は嫌じゃなかった。

　言葉もなくぽろぽろと涙を零《こぼ》し、時折子供みたいにしゃくりあげる私の頭を、レイくんは優しく撫《な》でてくれていた。

「昔と逆じゃん」

「れ、レイくんっ……」

彼がポツリと呟《つぶや》いて、笑う。それもそうだなと思って、泣きながら私も笑った。

「いつも一生懸命に慰めてくれる有紗のこと、ずっとカッコいいって思ってた。有紗みたいに、自分が思ってることをハッキリ言えるようになりたくて今に至るわけなんだけど……有紗から見ても俺ってカッコいいでしょ？」

「……だからそういうの、自分で言わなきゃもっとカッコいいんだって」

二人の視線がかち合い、私たちはもう一度笑う。ぷっと噴き出すような笑い。

どちらからともなく顔を近づけ、唇を軽く触れ合わせるだけのキスをする。磁石同士が引き寄せられるみたいに、ごく自然な成り行きで。

「言った通りになっただろ？」

私の頬を撫でる親指で涙の跡を消しながら、レイくんが少し得意気に訊ねる。

「絶対に振り向かせてみせるって」

「……本気だとは思わなかった」

あのときは、なびかない私に対して意地になっているように見えた。私が言うと、彼は触れていた頬から手を離し、心外だという顔をする。

「随分信用されてないんだな。俺、ちっとも遊んでないのわかるだろ」

レイくんが色んな女の子にちょっかいを掛ける人じゃないというのは、もちろん知っている。けれど、そういうことじゃなくて。

「だって、レイくんにちゃんと好きだって言ってもらった記憶、ないよ」

「そうだった？」

意識していなかったのか、不思議そうに訊《たず》ねる。

「それっぽい感じのことはあるけど、きちんと伝えてもらったことはないと思う」

「態度で示してただろ。一緒じゃん」

「一緒じゃないよ」

「そういうもの？」

「そういうもの」

子供の喧嘩みたいになってしまった。レイくんはくっくっと喉を鳴らして笑うけれど、それもすぐに収まる。急に表情を引き締めて、私の顔を覗《のぞ》き込んだ。

「……でも、そうだな。肝心なことをわかるように伝えられてなかったってことだろ。そしたら、言うよ。昔の有紗に怒られないように」

彼の形のいい唇が、すうっと息を吸い込む。

「有紗が好きだ。俺と付き合って欲しい」

レイくんがそう告げたとき、小さいころの彼の姿が浮かんだ。心許《こころもと》ない様子で私の後ろを付いて歩く彼。その彼が、今こうして私に告白してくれているなんて。しかも、こんなに堂々と。

「返事は」

「え？」

「ちゃんと伝えろって言ったの有紗だろ。なら、有紗のほうもちゃんと応えてくれないと」

ほら——と、肩を揺すられる。返事なんてわかりきってるくせに。

「私も。レイくんと同じ気持ちだよ」

「知ってる」

「……もうっ」

可愛くない。そう続けようとした言葉は、再び近づいてきた唇に塞《ふさ》がれてしまった。

何度かキスを重ねるうちに、唇同士が触れ合う時間が長くなる。次第に、互いの舌が行き来するようになって、レイくんの手が私の胸に降りる。私はついついその手を掴んでしまった。

「……どうしたの？」

息継ぎも兼ねて唇を離したレイくんが怪訝《けげん》そうに訊ねた。

「えっと——その……まさか、このまま？」

「そうだけど、何？」

そんなの当たり前じゃないかという感じで、アッサリと答えが返ってくる。

「え、だ、だって……わ、私、こんな格好だし」

今日の私は、部屋着の黒いワンピースをまとっているだけだ。

「どうせ脱ぐんだし、関係ないだろ」

「それに、ノーメイクでっ」

「そのままで綺麗だって言ってるじゃん」

「リョウくんやシンくんもいるんだよ？」

「アイツらだって空気読むだろうし、内鍵があるだろ」

ぐっ……。何を理由にしても一蹴《いっしゅう》されてしまう。その間も、レイくんの手はワンピースのコットン生地の上から私の胸を揉《も》んだり、脇腹の辺りを撫《な》で擦《さす》ったりしている。

レイくんにはわからないのかなあ。好きな人と初めて結ばれる瞬間は、自分が一番綺麗だと思えるようにして迎えたいってこと。今の私では、あまりにも遠すぎる。

「で、でも——あんまり遅いと様子をうかがいに来るかもしれないじゃない。やっぱりやめようよ」

「俺、引っ越しの日からずーっとお預け状態だから無理」

私の事情がダメなら、他の二人を理由にするしかないと思ったけれど、もはやそういう問題じゃないらしい。バッサリ音がしそうなくらいの勢いで言うと、レイくんは私をベッドの上に押し倒した。

「……っ」

「大体、あのときシンが急に起きたりしなければ、こんな風に回り道しなくて済んだかもしれないのにな」

確かシンくんは確信犯だったはずだ。それをレイくんに伝えてしまったら、後々シンくんが可哀想《かわいそう》なことになるのではないかと思い、黙っておくことにした。それとは別に、私は小さくため息をつく。

「あのねえ、ああいうのって一歩間違ったら犯罪だよ犯罪。お互いの気持ちが通じ合ってるって確証がない限りはしちゃいけないんだから」

「結果的に通じ合えば問題ないんじゃないの。言ったじゃん、振り向かせてみせるって」

相変わらずの、ものすごい自信だ。

「そういう問題じゃないんだってば――んっ」

私の身体に覆い被さるレイくんが、額にキスを落とした。次は目に。

その間に、私の手首をそれぞれホールドして、自由がきかないようにする。

「に、逃げないよっ……だから、こんな風にしなくたっていいじゃない」

「気分的な問題。こっちのほうが、俺が燃えるの」

レイくんの好みの問題なんて私の知ったことではないのだけど、彼は不敵に笑うと、今度は右の耳に口付けを落として、舌先を伸ばす。

「んっ……」

耳たぶをめくるように舐められ、歯を立てられると、それだけで強張《こわば》っていた身体の力が抜けていく。

「有紗、耳攻められるの好きなんでしょ」

ちゅっと耳たぶを吸ったあと、レイくんがささやきかけるように訊《たず》ねた。

「なっ……！」

「前のときもそうだったから。ここいじると、力が入らなくなるんだよね」

「っ……そ、そんなことっ……」

見透かされていたのが恥ずかしくて、言葉に詰まる。あのわずかな時間で、私の反応を感じ取っていたとは。

「何で嘘つくの、試してみる？　ほら――」

「……んんっ！」

優しく甘がみされると、頭の中に火花が散ったみたいな感覚が走る。鋭いけれど甘美な刺激。

私の素直なリアクションに気をよくしたらしいレイくんは、外耳の曲線に沿って舌を這《は》わせ、複雑な起伏を埋めるように舌先を動かしていく。

普段、自分の指先でも触れる機会のない箇所を攻められてゾクゾクする。息をするのも忘れるくらいに。

「っ、やっ……」

一度解放されると、私は顔を右側に傾けた。これ以上続けられたら、声を抑えられなくなってしまいそうだった。

「左もやって欲しいの？」

「ちがっ――ふぁ、っ……」

けれど、レイくんには私が左耳もと要求しているように見えたらしい。「仕方ないなあ」と、今度は左の耳たぶを舐め、かじり、吸い立てる。堪らず首を振って逃れようとすると、それをいさめるように少し強めに歯を立てられる。

「我儘《わがまま》だな。やって欲しいって言ってきたのは有紗なのに」

「だ、だから、違うって……」

やって欲しいなんて言ってない――勘違いしたのはレイくんなのに。

そういう非難もまともに口にできないでいると、今度は彼は片手を離して胸元に三つ並んだ大きなくるみボタンを外し始めた。細かなものと違って、片手でも簡単に外すことができるそれを全て取り払ってしまうと、ワンピースの裾をたくし上げる。

「きゃあっ」

器用に脱がされてしまうと、私はブラとショーツだけの心許《こころもと》ない姿になった。

「や、やだ、見ないでよ」

「どうして」

ワンピースをベッドの下に放ったあと、楽しそうに私を見下ろすレイくん。

ようやく両手が解放されたけれど、抵抗するよりも、ブラとショーツを隠すために胸元と下腹部に回す。

今日は、その、見られることを前提にした下着を着けているわけじゃない。

上下ともに黒という、文字通りの色気のないセットアップだ。ベージュじゃなかっただけマシだけど、レースやリボンで武装をしていないシンプル過ぎるそれでは、レイくんも期待外れに思ったりしないだろうか。

「ねえ、何で隠すの」

「だ、だって……」

「――あ、身体に自信がないとか？」

怪訝《けげん》そうだったレイくんが思い付いたように訊《き》いてくる。……うっ、まあそれも否定できないけど。

「恥ずかしがることないんじゃない。有紗、割とスタイルいいと思うし」

「あっ」

片手で私の背中を浮かせ、もう片方の手をそこに差し入れてブラのホックを外した。

私の身体からはぎ取ったそれを、ワンピースの上に重ねるようにしてまた放る。どうやら、下着のことはまるで気にしてないみたいで、ちょっと安心した。

――って、安心している場合じゃない。ワンピースにブラと、次々と手際良く脱がされてどうするの！

覆いのなくなった胸を隠すために、両手でバッテンを作る。

「れ、レイくんっ！」

「ここまで来ちゃったら、もう拒否しなくたっていいじゃん。有紗、俺とそういうことするの嫌なわけじゃないでしょ？」

「そ、そりゃ、嫌じゃないよ」

「なら問題ない。解決」

にっこりと微笑みながら、レイくんは自分のシャツのボタンを外して脱いだ。何も身に着けていない上半身がさらされる。

前にレイくんは私に対して『着やせするタイプ？』と訊いたが、それはそっくりそのまま彼に返したい。線が細いと思っていたのに、適度に張った肩といい、うっすら割れた腹筋といい、しっかり逆三角形の魅力的な体型だ。

「……有紗？」

レイくんに呼びかけられてハッとする。

今、私、彼の身体にみとれていた。すぐに天井に視線を外す。

「俺の身体見てたんでしょ？」

「……っ」

どうしてそうやって意地悪に訊くかな。

「気になるなら触ってみれば」

この状況を面白がっているレイくんは、胸を隠すうちの右腕を取って自分の胸板に触れさせる。

思った通り筋肉質だ。指先から伝わる体温が、私よりも高いように思う。

「有紗が触ったから、俺も触っていいってことだよね」

「え——あっ……！」

気を抜いていた。露わになった右側の胸に、レイくんの指先が伸びる。その膨らみ全体を捉えて、こねるように撫《な》でつけられる。

「な、何で急にっ……」

「俺だけ触られるの、フェアじゃないじゃん。俺にだって有紗に触れる権利があるだろ」

あっけらかんと言ってのけるレイくん。触らせたのはそっちのほうじゃないかと言い返したかったけど、彼の身体に触れたいという感情が湧いていたのも事実だから、抗《あらが》うのはやめた。

「柔らかい。両方見せてよ、有紗」

彼の手の中で形を変える膨らみ。大きいわけでも小さいわけでもなく、ブラを選ぶときも苦労のない、いわゆる平均的なサイズの胸。

彼はもう片方を隠している私の左手をどけると、同じように揉《も》みしだき始める。

「――やっぱり綺麗だ」

「そ、そう、かな」

「うん。何か、キスしたくなる感じ」

彼はそう言って、右胸の先端を口に含んだ。

「ぁんっ……！」

耳たぶと同じく舌で舐めたり、甘がみしたり、吸い付いたりする。

耳のときと違うのは、背筋がわななき痺《しび》れるのではなく、直接的に官能を刺激するような感覚であるということ。

大きな声を出してはいけない、と唇を結んでいるうちに、胸の先が硬くなり、それに伴い刺激に対しても鋭敏になっていく。

「んっ……ん、んっ……」

「やっとリラックスしてきた？」

片方の胸の先を舌先で突かれ、もう片方の胸の先を指の腹で撫でられる。乾いた指先との間で生じる摩擦が心地いい。たまに爪の先で軽く引っ掛かれると、微弱な電気が流れるような、でもくすぐったいような、不思議な感覚が走る。

私は答えなかった。久しぶりのこういう行為に少し緊張していることを、年下のレイくんに悟られたのが、気恥ずかしかった。

左右の愛撫が入れ替わる。レイくんの唾液で濡れたその部分を擦《こす》られると、また違った刺激が生じる。

「顔が赤い」

「……仕方ないじゃないっ」

電気を消してもらえばよかったと後悔する。白い蛍光灯の下では、私の肌の紅潮《こうちょう》や、どんな表情をしているのかなどが容易《たやす》くわかるのだろう。

レイくんはやり方こそ強引だけど、触れ方は優しかった。彼が普段、クールな振舞いに見せておいて実は気を遣っているみたいに。そういう彼をやっぱり好きだと思う。

「っ！」

彼の手が胸から降り、お腹を通り過ぎてショーツのラインを撫《な》でながら下腹部に向かう。いよいよその場所に――と思ったけれど、指先はなだらかな丘をも通り過ぎて、内《うち》腿《もも》をゆっくりと往復する。

レイくんの顔を見上げた。彼は私の視線に気付いて、唇の片方の端をつり上げて笑う。

こういう笑いをするときは、何かを企んでいるときだと決まっている。

「な、何っ……？」

羽根が触れるようなじれったさに、意思とは関係なく腰を浮かせてしまいながら訊《たず》ねる。

レイくんは笑ったまま、反対側の脚を撫でているだけだ。撫でるというより、滑ると言ったほうが正しい表現かもしれない。

「……レイくん？」

「いや、有紗が気分が乗らないって言うなら、無理にするのもよくないかなと思って」

ちっともそんなこと思っていない言い方だった。むしろそれが本心でないことを伝えるためだというように、笑みを含んでいる。

ここまで私の抵抗を気にも留めなかったくせに。それどころか、今まで私の制止に聞きわけのよかったときなんて一度もなかったじゃない。

「な、んで、今更っ……」

「ん？　直接有紗から聞きたいなと思って」

内腿から膝の裏側あたりまでを辿《たど》り、腰骨の上まで戻ってくる手のひら。言葉の抑揚が少ないレイくんにしては珍しく、ちょっと跳ねたように言ったのが引っ掛かる。

「聞きたい、って？」

「触って欲しい？　この下」

この下――と触れたのは、今まで避けて通っていた下腹部の中心。ショーツの上からほんの一瞬だけ、生地越しに秘裂をなぞるみたいにして触れた。

「ぁっ……！」

油断していた。布越しとはいえ性感帯に触れられて悲鳴みたいな声がもれたのと同時に、ベッドの上で小さく身体が震えた。慌てて口をつぐむ。

「ちょっとだけ湿ってる」

「……言わないでよ」

彼がそう感想をもらすのを聞いて両脚を擦《こす》り合わせた。クロッチの内側は、これから起こることへの期待でたかぶってしまっている。

「ねえ、どうする。触って欲しいなら、そう言ってくれなきゃ」

「なっ……」

「有紗が言ったんだよ。『思ってることはわかるように言わないと』って。だから、わかるように伝えろよ」

可愛い顔しておきながらSっ気があるだなんて卑怯だ。私が引けなくなる状況まで押し進めてからこんなことを訊《き》くとは。

「い、意地悪しないでっ……」

「意地悪じゃないよ。有紗がしてほしいことを言えばいいだけなんだから」

それが意地悪なんだってば。

……いや。レイくんのことだ。まぬがれようとしたって許してはくれないだろう。

「……って」

「うん？」

「さ、触って……ここ」

私は半ばヤケになって言うと、脇腹に置かれていた彼の手を身体の中心へと導いた。

……恥ずかしい。すごく恥ずかしい。瞬間的に顔に熱が上ってくるのがわかる。

「わかった。有紗のお願いじゃ断れないよな」

「言わせたくせに――っん……！」

今度は躊躇《ちゅうちょ》なく彼の指先がクロッチを撫《な》でる。秘裂を軽くほじくるように、指の腹で往復してから、爪を立てたりして。

それまで直接的な刺激がなかったせいか、指先の動きはいとも簡単に快感に直結する。

秘裂の上側に潜んでいる粒のあたりに触れられると、それは更に強く感じられた。

「ねえ、もう邪魔だから取るよ？」

レイくんがもう片方の手でショーツの端を摘《つま》んで訊《たず》ねる。心なしか、彼の目も興奮を帯びてきたような気がする。

私が頷《うなず》くと、彼は私の脚からショーツを引き抜いた。私の身体が余すところなく全て彼にさらされているのだと思うと、やっぱり電気は消すべきだったという後悔と羞恥心《しゅうちしん》で頭がパンクしそうになった。

「顔。真っ赤だよ」

「だ、だって……恥ずかしいもん」

こんな明るいところで結ばれることになるとは思わなかった。泣きたい気持ちでつぶやく。

「なら恥ずかしいって思う暇がないくらい、気持ちよくさせたらいいってこと?」

「――ぁあんっ!」

秘裂をじかに撫でたレイくんの指が、入り口を見つけて侵入してくる。潤いのためか抵抗はあまり感じず、スルリと差し込まれていく。

「もう一本いけそう」

差し込んだ指を一度ゆっくりと引き抜いてから、もう一度差し込まれる。質量が増した気がするから、彼の言う通り二本同時に挿入したのだろう。

「んっ、はあっ……」

一本と二本では体感も全く違う。大きく息を吸い込んで吐き出すと、抽送が始まった。出たり入ったり。お腹の内側を擦《こす》られるたびに、唇からとけた音がもれてしまう。吐息と呼吸の入り混じる、声のようで声でないそれ。

「気持ちいい？」

「んんっ……あっ、あ――」

彼が本来持つセクシーな声音《こわね》が甘い感覚を助長する。

抽送に慣れると、指先を鉤型《かぎがた》に曲げ、何かを探すような動きで下肢を更に攻め立ててくる。私が腰を震わせたり背筋を強張《こわば》らせて反応すると、面白がってその場所を集中的にいじるようになった。

「ここが好き？」

「やあっ、んん……！」

気が付くと、喘ぐことでしか返事ができなくなっていた。それも、肯定なのか否定なのかも伝わらない返事。

「それとも、こっち？」

「ああっ――!!」

わざとなのか、それまで中を擦《こす》っていた指を引き抜いて最も敏感な粒を転がす。快楽に翻弄《ほんろう》されたためか、膨らんだそれは少し触られただけでもじっとしていられないくらいに、強烈な刺激をもたらす。

「そんなに大きな声出したら、リョウとシンに聞こえるよ」

「っ……」

「俺は構わないけどね。声聞きたいし」

今まで以上に声がもれないようにきつく口を閉じる。けれど、レイくんの指先が秘所や陰核を這《は》い回るたびに、どうしても堪《こら》え切れず、声がでてしまう。

「やぁっ、レイくんっ……も、やだっ、我慢できないよっ……」

「可愛い、有紗。いっそ聞かせてやればいいよ——俺ももう、余裕ないし」

レイくんは熱っぽい視線を私に向け上体を起こすと、ベルトのバックルに手を掛けた。

「有紗、いい？」

避妊具を付けた彼自身を秘裂にあてがい、彼が訊《たず》ねた。

薄い膜越しでも十分に伝わってくる熱が、私の身体に伝染する。

「……うん」

私は胸を高鳴らせながら頷《うなず》いた。

「っぁ……」

秘肉をかき分け、ゆっくりと彼自身が挿入《はい》ってくる。

指とは比べものにならないくらい大きな質量。苦しいと感じたけれど、最奥まで届いたときには少しだけ楽になった。

動いていい？　と目で問い掛けられて、小さく頷く。

「あっ、あ――」

隙間なく満たされた内壁を擦《こす》って、膣内《ちつない》のレイくんが入り口に戻ろうとする。抱え上げられた両脚の中心に、彼の熱を感じる。

「……好きだよ、有紗」

「わ、私もっ――レイくんっ……」

世界中の誰よりも彼の一番近くにいるのだとかみ締めながら、レイくんの背にしがみ付くように腕を回す。上気して少し汗ばんだ肌は、やっぱり私よりも温かい。

「っ、く……！」

私の奥深くまで達した彼自身は、ギリギリ先端を残して引き抜かれた。私の呼吸に合わせて、ゆっくりと。

そしてまた、膣内に熱が押し込まれる。負担が少ないようにと気遣ってくれているのか、レイくんは、初めのうちは動作の間隔をたっぷりとってくれた。私が彼の質量に慣れると、一回の抽送にかかる時間が短くなっていく。

「……はぁっ……辛くない、平気？」

「あっ、うんっ……！」

ベッドのきしみや交接部の水音、二人の吐息。音の世界からも追い立てられて、私たちは次第に高みに上り詰めていく。

「ごめん……俺、止まらないかも」

申し訳なさそうに言ってから、私の中のレイくんが抉《えぐ》るような力強い動きに変わる。

やはりこれまでは、私が辛くないようにしてくれていたのだ。でも、その勢いのままの無遠慮な律動が、理性を保てなくなるくらいの衝動を彼が感じているのだと思えて、嬉しかった。

「大丈夫、平気、だからっ……」

頷《うなず》きながら、途切れ途切れに答える。少し乱暴な動きだけど不思議と心地いい。彼の動きの一つ一つが快感に直結して、脳髄《のうずい》が痺《しび》れる。

彼の指先が再び陰核に伸びる。抽送する彼自身の動きに合わせるように、親指の腹で押しつぶすみたいにこねられると、私の意識はどこかへ飛んで行ってしまいそうになる。気持ちいい。

「有紗――」

「ぁ、あああっ……！」

一際強い突き上げのあと、瞑《つむ》った視界にチカチカと星が散る。

それからレイくんの動きが止まり、身体の中で彼自身がびくんと震えるのを感じ取ると、私も軽く達してしまったのだと悟った。

彼は激しく息を切らしながら、避妊具の根元に手を添えてずるりとそれを抜いた。下肢に喪失感を覚える。と、耳元でレイくんにささやかれた。

「こんなんじゃ足りない。もう一度、有紗を抱きたい」

「え？」

汗で少し濡れた前髪をかき分けながら、有無を言わせないとばかりにキスをされる。

唇が離れたとき、彼は起き上がろうとした私を制した。

「二ヶ月以上待ったんだから、今日はその分覚悟してもらうからな」

エピローグ

「昨晩はお楽しみだったんだな」

シンくんのいただきますの号令のあと、リョウくんがすかさず笑顔でそう言ったものだから、私は飲みかけたコーヒーを噴いてしまった。

「照れなくてもいいだろ。レイジロの部屋に行ったあと、朝まで帰って来なきゃ誰だってそう思うよ。なあ、シン」

「ほんとだよねー。有紗っちさあ、昨日から今日まで何戦くらい交えたのー？」

「……！」

思わず頭の中で数えてしまいそうになりながら、やめた。ていうか、「いい天気ですねー」とか言うのと同じテンションで、そういうことを直接訊《き》かないでほしい。

――時は日曜日。恒例のダイニングでのブランチの時間。テーブルにはトーストとドリンクという、ごく簡単な食事が並んでいる一見穏やかな休日の風景だけど……

結局私が解放されたのは朝方だった。レイくんたら滅茶苦茶だ。

いくら今日が休日だからといって、ずっと部屋から出してくれないなんて。

向かいの部屋ではあるけれど、他のみんなに出くわさないようにこっそりと自室へと戻ったのが午前七時。休みのその時間帯はまだみんな眠っているから、こっそりお風呂を済ませて食事の支度を始めた――はずだったのに。

「お前ら、覗《のぞ》いてたのか」

うろたえる私とは逆に、レイくんはトーストにバターを塗りながら冷静に訊《たず》ねる。

「覗くとかじゃなくてー、聞こえてくるんだもんー。二人の楽しそうな声がさー」

「そうそう。不可抗力ってやつだ。僕らは有紗ちゃんが心配で見守る義務があるだろ。で、レイジロの部屋の前で聞き耳を立ててたら――」

「それ故意だろ。やっぱり覗きじゃないか」

レイくんが呆れ半分、怒り半分のような顔で彼らを見た。

二人に聞こえちゃうかもって思ってたけど、まさか本当に聞こえてるなんて。もう、この先どんな顔していいかわからないよ！

「そう不機嫌になるなよ、レイジロ。お前は僕らのおかげで有紗ちゃんと両想いになれたようなものなんだから。むしろ感謝して欲しいくらいだ」

同意を求めるみたいにして、リョウくんがシンくんを見る。シンくんも、いつもの野菜ジュースを一口飲んでから頷《うなず》いた。

「うんー。オレらが一生懸命有紗っちを説得したから、有紗っちがレイちゃんの部屋に行ったんだもん。だから、朝までイチャイチャできたわけでしょー？」

「……ニヤニヤするな。まあでも、そこに関してはお前らの言う通りかもしれないな。礼は言っといてやる」

さすがのレイくんも、彼らの貢献を認めざるをえないようだった。バタートーストをかじりながら彼らしく大仰に言うと、お皿の上のトーストにバターとマーマレードを塗っていたリョウくんが、意味深な笑みを浮かべる。

「――レイジロ。この貸しで例の約束はチャラな」

「例の約束？」

何だろう、それは。リョウくんからバターだけを受け取って私が訊《たず》ねると、彼はレイくんの様子をうかがいながら言った。

「実はさ、有紗ちゃんがこの家に住むって決まったときに、僕たちはレイジロと『何があっても有紗ちゃんには手を出さない』って約束をしてたんだ」

「私に!?」

そんなの初耳だ。リョウくんは大きく頷《うなず》きながら続ける。

「シェアハウスに男女がいると厄介だって思ったんだろ。で、有紗ちゃんにちょっかいかけようものなら、即出てけって、事前にさ。ま、僕らも揉《も》めたくないし、急に家なしになっても困るから、従ってたわけなんだけど——そのレイジロが思いっきり有紗ちゃんに手を出して、そしてめでたく二人は結ばれたと。だからさ、もうその制限を取っ払ってもいいような気がするんだよね」

「リョウ、どういうことだ？」

となりに座るレイくんを見る。いつも澄まし顔の彼が、ちょっと焦った表情をしている。

私はトーストの表面にバターを塗りながら考えた。約束をチャラに？　制限を取っ払う？

「昨日の夜、リョウくんと話してて気付いちゃったんだよねー。有紗っちってー、しっかりしててみんなのお母さんだなーって思ってたけど、ちょっとヌケてて可愛いところもあるよねーって。一対一で向き合ってみるとどーなのかなーって、興味津々っていうかー」

「早い話がさ、レイジロ。僕たちが遠慮する理由ももうないと思うんだよ。そろそろ僕らも有紗ちゃんを狙いにいったって構わないだろ？」

「人を好きになるのは自由だもんねー。なら、オレたちが有紗っちを好きになってもいいでしょー？」

「えええええ……!?」

手にしていたトーストをお皿に落とした。バターを塗った面が陶器の表面に触れ、小さくペチャっという音がする。

リョウくん──それにシンくんも、な、何言ってるの？

「れ、レイくんっ……」

レイくんも驚きのあまり、開いた口が塞《ふさ》がらない状態だった。初めて遭遇したものを見るような目で、リョウくんとシンくんの顔を見ている。

「ってことだからさー、有紗っち。これからはオレたちもガンガンアピールするから。よろしくね？」

「よろしくねって……え、え？」

「レイちゃんからの即乗り変えでもOKだからー。オレ、心広いでしょー？」

「僕はそういう型に囚《とら》われないからさ、レイジロと同時進行だって一向に構わないよ。いつでも歓迎する」

呆然とする私たちを置き去りにして盛り上がるリョウくんとシンくん。

三月のあの日、初めてこの家にやってきたとき以上の衝撃。私はバターナイフを手にしたまま、これまでの紆余曲折《うよきょくせつ》が序章に過ぎなかったことを知った。

――前途多難なシェアハウス生活の本編は、今まさに、これから、始まろうとしているのだ。

やっぱり恋はやめられない

1

バスルームでメイクを済ませて廊下に出ると、キッチンからパンの焼ける香ばしい匂いが漂ってきた。ケチャップとチーズの焦げた香りもうっすらと交じっているから、今日の朝食はピザトーストだろうか。食欲を覚えながらダイニングに向かう。

「おはよう、有紗ちゃん」

キッチンの後ろ側に置いたトースターの前。いかにも起きたばかりです、というような部屋着姿で作業をしていたリョウくんが振り返る。彼が今日の朝食当番だ。

「おはよう。今日のメニューは？」

「うん、ピザトースト」

やっぱり当たりだ。答え合わせに気を良くしながら、飲み物を取りにキッチンに入る。

「コーヒー飲むなら、淹《い》れるよ」

「ほんと？　ありがとう」

当初は気分に応じて飲み物を決めていた私だけど、最近はすっかりホットコーヒーで固定だ。温かい飲み物が厳しい季節になってきたけど、身体を冷やしすぎないためにもと思い飲んでいる。

リョウくんは食器棚から私のマグと、ついでにとなりに並べて置いてあったレイくんのマグも一緒に取りだす。

「どうせレイジロも飲むよね」

「うん、多分」

電気ケトルの電源を入れてから、二つのマグにコーヒーのドリップパックをセットする。そのとき、トースターがチン、という甲高い音を立てた。

「あ、こっちは私がやるよ」

「ありがと」

私はトースターを開け、ハムやコーン、ピーマンの輪切りがのったピザトーストを二枚、お皿に取る。

「第二陣も焼いておいてもらっていい？」

「わかった」

残り二枚をトースターに置いて、タイマーをセットする。

「五分くらいでいい？」

そう訊《たず》ねながらリョウくんのほうを向くと、今度はコーヒーのいい香りが鼻孔を擽《くすぐ》った。

「うん」

ケトルのお湯をドリップパックに注ぎつつ彼が答えた。その様子を見ながら、もし彼が今、会社でそうしているようにメガネを掛けていたら、レンズが曇って大変だろうなと思う。

「……どうしたの？」

「ううん」

私の視線が気になったのだろう。リョウくんが小首を傾げて訊《たず》ねてきたので首を横に振って答えると、

「何だ、僕にみとれてくれたんじゃないかって期待したのに」

と、彼がちょっと残念そうに眉を下げる。

「からかわないでよ」

「からかってないよ、心外だな。シンともずっと言ってるだろ、僕らももうレイジロに遠慮する気ないって」

「うっ……」

「今はレイジロとだけ付き合ってるかもしれないけど、これからどうなるかはわからないからさ」

そんなことを爽やかな笑顔で言わないでほしい。

「おはよー」

返答に困っていると、ダイニングの扉が開き、バスローブ姿のシンくんが現れる。

「おはよう、シンくん」

「わー、もう朝食出来てるんだー。……この匂いはピザトースト？」

くんくんと鼻を鳴らしながら、シンくんがカウンター越しにキッチンを覗《のぞ》き込む。

「正解。ほらもってけ」

冷蔵庫から野菜ジュースを出してグラスに注ぐと、カウンターに置くリョウくん。シンくんは「あざーす」とか崩しぎみにお礼を告げながら、グラスを持って自分の席に着いた。

「ねえねえ有紗っちー。今日の夜は何食べたい？」

そのシンくんが、待ちかねていたという笑顔で切り出す。

「今日？」

彼の言葉を辿《たど》りながら、今日が金曜日であることと、レイくんとリョウくんが接待で帰りが遅くなると言っていたことを思い出す。

「うん。リョウくんとレイちゃんはいないでしょ。たまには二人でどこか食べに行こうよー。何でも、有紗っちの好きなものでいいよー」

「こらシン。お前何抜け駆けしようとしてんだよ。夕食にかこつけてあわよくばデートしようって魂胆《こんたん》だろ？」

先に焼けたピザトーストを一皿ずつ両手に持ったリョウくんが、キッチンから出てきながら口を挟む。

「デートって……！」

私も、リョウくんが淹《い》れてくれたコーヒーを片手にキッチンから顔を出す。デートって何の話だ。

「あ、バレたー？　だってー、二人がいると——特にレイちゃんがいると、監視が厳しくて誘いだせないんだもんー。こういうときしかチャンスないじゃんー？」

「フェアじゃないな。僕なんて動ける時間がほぼレイジロと一緒で、なかなかチャンスなんてないのに」

「あはは、自由な時間が多いのが学生の強みだからねー。……明日休みなら、どこか雰囲気がいいバーで飲み明かすっていうのもいいしー」

「気を付けなよ有紗ちゃん。コイツ、無害そうに見えて意外と肉食系だから」

「何だよー、リョウくんにだけは言われたくないなー。自分だって隙あらば有紗っちを連れ込もうと画策してるくせにー」

「……お前ら、俺がいる前で普通にそういう話するとか、正気か？」

寝起きと今の会話内容とで不機嫌さが相乗した声音《こわね》に、その場にいた全員がダイニングの扉を見やる。そこには、スーツ姿のレイくんが呆れ顔で立っていた。……いつの間に。

「れっ、レイくん、おはようっ」

「レイちゃんおはよー。あ、聞いてたの」

「レイジロ、コーヒー淹れてあるからな」

気まずさを覚える私とは相反して二人は全く動じず、しれっとした態度で朝の挨拶《あいさつ》を交わす。

「どーも。……リョウもシンも、有紗が俺と付き合ってるっていうの、完全に忘れてるだろ」

「んーん、忘れてないよー。考えないようにしてるだけー」

「人は自由に恋愛する権利があるんだよ。有紗ちゃんだって選択肢がレイジロだけじゃ可哀想《かわいそう》じゃないか」

「あーはいはい、勝手に言ってろ」

私たちの間を縫うようにしてキッチンに入り、コーヒーの入ったマグを手にしたレイくんが、はあ、とため息をつく。

シェアハウス生活を始めて四ヶ月——私がレイくんと結ばれ、リョウくんとシンくんから衝撃的な告白があったあの日から更に二ヶ月が経とうとしていた。

神村家の下見の日に始まったレイくんからのアタックに悩みつつ、やっと自分の気持ちの整理をつけて彼へ想いを伝えることができたと思っていた矢先。今度は一つ屋根の下に住む別の男の子二人からアプローチを受けることになってしまった。

こんな妙な状況に陥るとは一ミリも予想していなかったので、今みたいな話題になるたびにレイくんの反応を見てヒヤヒヤしてしまう。てっきりレイくんをからかいたいがために彼らが冗談を交わしているのかと思っていたけれど、どうやらそうでもないらしい。二人して割と頻繁《ひんぱん》にこういう会話を仕掛けてくるから油断ならない。

第二陣の出来上がりを待って、リョウくんがピザトーストの残り二皿をテーブルに運び、四人で食卓を囲んだ。

「いただきまーす」

シンくんの号令でみんなが手を合わせて食事が始まる。私は横目でレイくんの様子をうかがってみた。

……よかった、怒ってないみたい。

初めのうちは「信じられない」と、二人がそういう話を切り出すたびに苛立ちを露わにしていたけれど、そんなレイくんに対してあまりにも悪びれない彼らの態度に、打つ手をなくしてしまったらしい。このごろは、まともに取り合っても仕方がないと思うようになったみたいだ。

まあ、私はレイくんと付き合っているのだし、彼らのアプローチになびくことはないのだけど——一度にこれだけの男の人から言い寄られたことのない身としては、心臓に悪い状況であることに変わりはない。

「で、有紗っちー。今日はオレとご飯食べに行ってくれるんでしょー?」

「ごめん」

仕切り直してシンくんが訊《たず》ねるのを、私は緩く首を振って答えた。

「今日は先約があるの」

「え、まーじーでー」

「残念だったな、シン」

のけぞって残念がるシンくんに、リョウくんが笑った。

「そんなあー。オレ、超楽しみにしてたのにー」

「先約って?」

今度はレイくんが軽く私のほうを向いて訊ねた。

「メグちゃん。話したいことがあって、誘ってたの」

その一言で、彼は全てを察したらしい。「そっか」と呟《つぶや》いて、それ以上は何も訊《き》いて来なかった。

「有紗っちとメグちん、仲良しだもんねー。妬《や》けるけど仕方ないかー」

「……うん」

私は複雑な気持ちで頷《うなず》いた。

仲良し。メグちゃんもそう思ってくれているのかもしれない——今は。

でも今夜を境に、私とメグちゃんが互いのプライベートな時間を削ってまで会うことはなくなってしまうかもしれない。

約十二時間後の自分の気持ちを想像する。早くこのプレッシャーから解放されたくて、時計の針が早く進めばいいのにと思う反面、このまま時が止まって欲しいとも思う。


レイくんに失恋したメグちゃんは、会社では気丈に振舞っていた。むしろ元気すぎるくらいに。

上司の甲斐さんが、

「黒須、もしかして彼氏でもできたのかー？」

なんてヒヤリとすることを訊《き》いていたけれど、まさかその逆だとは夢にも思っていないだろう。本当はとても落ち込んでいるだろうに、彼女はそういう姿を周囲にさらしたりはしなかった。

私がレイくんと付き合い始めたことをメグちゃんは知らない。伝えていないからだ。いっそこのまま隠し通すべきかとも考えた。私とレイくんは、会社の中では必要以上に言葉を交わさないようにしているし、そもそも顔を合わせる機会もあまりない。誰も私たちの関係を勘繰ることもないだろう、と。

けれどそれには、事実を伝えることよりももっと抵抗を覚えた。メグちゃんは私を信用してくれたからこそ、ずっと心に秘めていた片想いを打ち明けてくれたのだ。

私に対して常に誠実に接してくれている彼女に、私も誠実に向き合わなければいけないだろう。

メグちゃんとの関係がどうなるかは、私が決めることではない。彼女が決めることだ。誠意を持ってぶつかっていった結果がどうであっても、それを受け止めなければ。

季節が一つ進み、通勤着の半袖ブラウスの上に冷房対策のカーディガンを羽織《はお》るようになったころ。ようやく決心がついた私は、終業後にメグちゃんを会社裏の『ヴィオーラ』に誘いだした。

表向きは、とあるニュースサイトのリニューアル準備完了のお疲れ様会。二人だけの打ち上げをしようということにしてある。

「余裕を持って終わらせることができてよかったですー。わたし、カタいウェブサイトのデザインってあんまり担当したことなかったので心配だったんですけど、有紗さんのアシストのお陰でスムーズにいきました」

「前の事務所が結構色んな仕事投げてくるところだったから、アイコンとか加工のパターンは割と持ってるかも。でもそうは言うけど、メグちゃん雰囲気掴んだらサクサク進んでたじゃない」

普段はヒイヒイ悲鳴を上げながらギリギリになって提出することが多いのだけれど、今回は今夜のこの時間を作りだすため、いつも以上に必死になって作業に当たった。その甲斐があったというものだ。

パスタは、メグちゃんが前回と同じポモドーロ、私は夏野菜の冷製カポナータにしてみた。もちろん美味《おい》しいんだけれど、いつ本題を切り出そうかという緊張で、味は半分もわかっていないかもしれない。前回といい今回といい、このお店のパスタをなかなか味わえない。

三分の一減り、半分減り――食事が進むだけで、なかなか本題を切りだす好機を掴めないでいた。最初はにこやかに話題を振ってくれていたメグちゃんだけど、ちっとも話が弾まないことに気が付くと、次第に口数が減っていった。その分、沈黙の時間が増える。

「……有紗さん、何かあったんですか?」

お皿の上のパスタを全て平らげたあと、彼女は不安そうな表情で訊《たず》ねてきた。

――ついにこのときが来た。

私は大きく深呼吸をしながら、彼女の目を真っ直ぐに見た。艶《つや》やかな髪の色と同じ漆黒の瞳。

「メグちゃん、私、メグちゃんにどうしても言わなきゃいけないことがあるの」

「……何でしょう？」

ただごとではないと思ったのか、メグちゃんはわざわざ椅子を引き寄せて、聞き逃すまいという姿勢を作る。私は、重くなった唇をこじ開けた。

「私……実は、私、レイくんの紹介でね、上京したときからずっと、メグちゃんが暮らしてたあのシェアハウスで生活してるの」

「そうだったんですか」

頷《うなず》いて、彼女は表情を和らげた。親戚の私があの家に入ったとしても、彼女からしてみれば何の不思議もないのかもしれない。でも……と思う。私は次に吐き出す台詞《せりふ》を喉元に引き寄せながら、もう一度深呼吸をした。

「……それだけじゃないんだ。実は私、レイくんと、付き合ってる」

告げた瞬間、メグちゃんの瞳が揺れた。

「……え、でも――」

「うん、それも嘘じゃない」

従姉弟《いとこ》同士のはずじゃ――彼女の目はそう言いたげだった。先回りをして、勢いのままに続ける。

「黙ってて本当にごめんなさい。今日はメグちゃんに謝りたくてここに来たの。メグちゃんに協力するって言っておきながらこんなことになって……メグちゃんを裏切る形になってしまって、どんな言い訳も通用しないってわかってる。でもね、私はメグちゃんのこと好きだし、出来ることならこうして傷つけるような結果にもしたくなかった。誓って言える」

間が生じてしまうのを恐れて言葉を続けた。

「軽蔑されても仕方がないことをしたと思ってるし、これを伝えたことでメグちゃんはもう私とかかわりたくないと思うかもしれない。それでも私は、このまま黙っているのは違うなって思ったの。何を都合のいいことをって言われちゃうかもしれないけど、私はメグちゃんさえよければ、これからもこうしてご飯を食べたり、世間話をできる間柄でいたいんだ」

言いながら本当に身勝手な言い分だなと自己嫌悪に陥る。でもこれが偽らざる私の本心だった。

「…………」

メグちゃんはうつむいたまま、黙って私の話を聞いてた。

店に流れていたイタリアンポップスの歌だけが、二人の間を流れる。

「……びっくりしました」

曲が終わったころ、彼女が言った。そうして顔を上げる。

「あ、びっくりって言っても、話を聞いたからじゃなくて、わたしの勘が当たっていたっていうことに、です。……実はわたし、有紗さんと神村が従姉弟《いとこ》同士だって教えてもらったあとも、心のどこかで、やっぱり神村は有紗さんのことが好きなんじゃないかなって疑ってたんです。だから今、付き合ってるって話を聞いて、やっぱりそうなんだっていう気持ちが一番先に立ちました」

彼女は笑っていた。無理して作っているものなのかもしれないけれど、それでも笑顔でいようという意思が感じられる表情。その表情のままに、彼女が言う。

「わたし、神村のこともちろん好きですけど、有紗さんのことも好きなんです。……神村をとられてしまったのは悔しいですけど、神村が有紗さんを好きなら仕方がないと思うし——ううん、そう思うしかないですし。そのことで有紗さんを責めたりしません」

「メグちゃん……」

「……話してくれて、ありがとうございました。正直、心の底から祝福できるには、もう少し時間がかかるかもしれませんけど、二人が上手くいくように祈ってますし、こちらこそ有紗さんと仲良くさせてもらいたいです」

「……ありがとう、メグちゃん」

目をうっすらと赤くしながらも懸命に伝えてくれる彼女の言葉に、胸にじんわりと温かなものが広がっていく。

『心の底から祝福できるには、もう少し時間がかかるかもしれませんけど』

もっとなじられたり責められたりすることも覚悟していたけれど、彼女はそうせずに、泣きだしそうになりながらも笑ってくれた。私は、メグちゃんのその気持ちが何よりも嬉しかった。

「そう言ってもらえて嬉しい。……もっと厳しいことを言われるかもって思ってたから」

「あ、昼ドラばりに『この泥棒猫！』とかってののしったほうがよかったですか？　人生でそんなこと口に出来る機会なんて滅多にないですし」

やればよかった、とほんのちょっとだけ後悔した口調を装って、メグちゃんが笑う。

「そもそも、神村とはただの同期ですから。神村が選んだ人に対してわたしが何か意見する権利なんてもともとありません。……でも、神村の相手が有紗さんで救われました。もしかしたら南波《なんば》さんってこともあるかもって思ってたから」

「……南波さん？」

南波さんといえば、確かレイくんと同じ営業部で、最近中途採用で入って来た子だったはず。どうして彼女の名前が出てくるのだろう。

「あ、いえ、その——わたし、よく神村のこと見てるって言ったじゃないですか。神村、南波さんの指導員になったみたいで。かかわる時間が多い分、短期間で随分親しくなったように見えて」

　メグちゃんは眉間に皺《しわ》を寄せていた。私は、その話を聞きながら妙な胸騒ぎを覚える。

「あの、余計な心配かもしれませんが、もしかしたら南波さんのことは気を付けておいたほうがいいかもです」

「気を、付ける？」

「はい。有紗さんがいるから、神村のほうは何とも思ってないと思います。けど……わたしの印象だと、南波さんは神村に興味がある感じがするんです。先輩とかじゃなく、異性として」

　あくまで可能性を含ませる言い方だったけれど、ずっとレイくんを見てきたメグちゃんの発言には説得力があった。秘密を告白して安堵《あんど》したのもつかの間、鉛《なまり》を飲んだみたいに胃の辺りが重たくなる。

「ただの思い過ごしならいいんですけどね。……急に出てきた他の女性に神村をとられるのはわたしも嫌ですし。有紗さんのこと応援してますから、負けないで下さいね！」

「……うん。ありがとう」

　彼女に礼を言いながら、私の頭は南波さんのことでいっぱいになっていた。

「有紗っち、おかえりー。メグちんとのご飯楽しかった？」

「うん」

帰宅後、リビングですれ違ったシンくんと挨拶《あいさつ》を交わしながら、そのままキッチンへ移動する。電車に乗っているときから喉がカラカラで、水を飲みたいと思っていた。冷蔵庫からミネラルウォーターを取りだし、グラスの八分目くらいまで注いで、一気に飲み干した。

「お酒飲んできたの？」

お気に入りの少年誌を持って、追うようにキッチンに入ってきたシンくんがそう訊《たず》ねる。

「……ううん」

砂漠でオアシスを探し当てた人のように無心に水を飲む私を見てそう思ったんだろう。言葉少なに否定すると、彼は分厚い冊子をおいて訝《いぶか》しげに私の様子をうかがう。

「どしたの、何か元気なくないー？」

「そんなことないよ。ちょっと疲れちゃったから、もう休むね」

あまり他人の変化に敏感なタイプではない彼に気遣わせてしまうということは、余程そういう空気を発しているのだろう。これ以上彼に悟られたくなくて、私はシンクにグラスを置くと、足早に自分の部屋に向かった。一番奥の右側の扉。

さっき玄関で靴を確認したけれど見当たらなかったから、レイくんはまだ帰ってきていないはずだ。出来るなら今は顔を合わせたくないと思っていたので、少しホッとした。

バッグを放りだし、着替えもせずベッドの上に座りこむと、『ヴィオーラ』でメグちゃんと話した様々なことが思い出される。

伝えるべきことを伝えられて、それを受け入れてもらえたことは本当に嬉しかったし、救われる思いだった。もし私が同じ立場だとして、今日のメグちゃんのような台詞《せりふ》を口にできる自信はない。優しくも強い彼女に、尊敬と感謝の念が絶えなかった。でも。

『――でも、神村の相手が有紗さんで救われました。もしかしたら南波さんってこともあるかもって思ってたから』

彼女が何気なく口にしたフレーズが、胸の奥に重たく響く。

――南波さなえさん。彼女は、最近レイくんと行動をともにしている女性だ。

艶《つや》のある黒髪を耳の下で一つにまとめていることが多い、溌剌《はつらつ》とした美人。向日葵《ひまわり》みたいにその場をパッと明るくする雰囲気を持っていて、まさに営業職向きだなという感じを受ける。

歳はレイくんやメグちゃんと同じ二十四歳だったはず。前職も営業をやっていたらしい。

持ち前の社交性と親しみやすさで営業部にすぐ馴染《なじ》んだ彼女は、お客さんとの交渉も上手い。男ばかりのうちの営業部内でも、彼女の評判はとてもよいのだとか。

なぜ仕事上かかわりの薄い私がこんなことを知っているのかというと、家でレイくんが南波さんの話をするからだ。彼が業務の上で接する機会が多い人物であることには間違いないし、彼女の指導をする立場だから仕方がないのかもしれないけれど――二人で過ごす時間に他の女の子の名前を何度も挙げられると、正直、あまり面白くはない。

それでもレイくんとは上手くいっているし、深く考えすぎないようにしようと心がけてはいたけれど……。今日、メグちゃんもそう感じていたのだと知り、疑念が一気に膨らんでしまった。

変に勘繰ってはいけないのに、もしかしたらと思ってしまう。

人の気持ちは少しずつでも移り変わっていくものだ。私はそれを、元彼である直行に嫌というほど教えられた。

私はふと思い立って、机の奥に置いてある二つチェストのうち、手前側の一番下にしまってある、手のひらに収まるくらいの白い立方体の箱を取りだした。そっと開けると、中央の台座には、両脇をピンクダイヤに固められたホワイトダイヤのリングが鎮座している。

東京に来る前に何らかの方法で処分しようとも考えたけれど、結局持ってきてしまった。どうしても捨てられなかったのだ。

もちろん未練はない。私は、もう幸せな新しい未来を歩きだしている。

けど、この幸せなときがいつまで続くかなんて誰にもわからないのだ。私の願いとは裏腹に、直ぐに覚めてしまう束の間の夢にすぎないのかもしれない。

今はただ、その夢の終わりが訪れるのが怖かった。

ほんの半年前の自分が頭をよぎる。失恋に打ちひしがれ、何の希望も持つことも出来ないでいた私。

レイくんという拠《よ》り所を見つけたからだろうか。あのころには戻りたくないという気持ちが、この幸せな時を失いたくないという気持ちにシフトして、余計に募っていく。

——と。突然、扉をノックする音が聞こえた。

考えを巡らせていたせいで、咄嗟《とっさ》に返事をすることが出来なかった。返事を待たずに扉が開く。

「有紗、いるのか？」

振り返ると、顔を出したのは、いつの間にか帰宅したらしいレイくんだった。朝と同じスーツ姿ということは真っ直ぐ私の部屋に来てくれたのだろう。というか、彼の足音にすら気が付かないなんて。

「お、おかえり——？」

レイくんが扉のハンドルに手を掛けたまま、私の手元を凝視している。つられて私も視線を向けた。

いけない。エンゲージリングを出したままだった！

私は慌てて蓋を閉めて身体を屈め、何ごともなかったかのように元の場所に箱を押し入れた。

「なっ、何か用事？」

「いや……シンから、有紗の様子がおかしかったみたいなこと聞いたから、気になって」

明らかに怪しい動きをした私を探るみたいに、レイくんが言う。

「そ、そんなことないよ、疲れてるだけだって。シンくんにもそう言ったんだけどなあ」

「……今日、メグと話して来たんでしょ。辛い思い、しなかった？」

疲れてるという言葉で、私がメグちゃんと何かあったのだと思ったらしい。レイくんは表情を引き締めると、部屋の中に足を踏み入れ扉を閉めながら訊《たず》ねてきた。

「ううん。無事伝えられたし、メグちゃん、許してくれたから」

「そっか」

歩み寄ったレイくんが私を抱き寄せ、ふわりと頭を撫《な》でてくれる。

「……ごめんな。言いづらいこと言わせて」

「レイくんが謝ることじゃないよ、私が引っかき回しちゃったんだから」

事態を複雑にしてしまったのはひとえに私の浅はかな考えが原因なのだ。最初からはっきりと意思表示をしていたレイくんには何の落ち度もない。

「でも、ちょっと思いつめたみたいな顔してるから。大丈夫だったのかなと思って」

そんな顔をしているのだとしたら別の理由だ。

南波さんの顔がよぎる。私は彼の胸のあたりに顔を埋《うず》めた。

「どうした？」

レイくんがふっと笑って訊《たず》ねる。

「有紗がそんな甘えた仕草するなんて、珍しい」

「……そうかな」

「そうだよ」

すぐ傍のベッドまで私の身体を導くと、レイくんはそっと、私を押し倒した。

彼の美しい顔立ちは、何回間近で見てもほれぼれする。鼻先が触れ合うくらいの距離で見つめられると、心臓が爆発しそうになるくらい。

「そういう可愛いことされると、自制心きかなくなるんだけど」

「ちょっ……」

驚きと気恥ずかしさで抗《あらが》うように膝を折り、マットレスに足をついた。そのまま起き上がるつもりだったのだけど、それをさえぎるように、レイくんが私の頬から首筋にかけてをするりと撫《な》でる。

「ダメだって。まだシンくんが下で起きてるし、リョウくんもそろそろ帰ってくるでしょ？」

「何だよ。そのための内鍵だって、いつも言ってるだろ？」

彼の手を軽くいさめると、彼はちょっと拗《す》ねたように言う。

私とレイくんがそういうことをするのは、二人に配慮して、彼らが居ないときか、寝静まったあとと決めている。本当なら、一つ屋根の下でそうなってしまうのは避けなければいけないとも思うのだけど、お互いに時間のない社会人だし、そのために外出するのも逆に目立ってしまうから、これが最大限の譲歩なのだ。

「掛けといたから、平気だって」

「ん――」

私の身体に圧《の》し掛かってきた彼に、唇を塞《ふさ》がれる。

柔らかい前髪がおでこに触れてくすぐったい。彼のふっくらとした唇が、私のそれを優しく啄《ついば》む。次第に割り込んでくる舌に口内を探られているうち、頭がぼーっとしてきた。

「有紗、可愛い」

名残惜しそうに唇を離したレイくんが、スーツの上着を脱ぎながら微笑んでささやく。

私よりもよっぽど可愛い顔立ちをしている彼に言われると、嬉しいけどちょっと憎たらしい。本当、男の子にしておくのがもったいないくらいだ。

「わ、私、帰ってきて、そのまま……なんだけど」

「うん？」

私のブラウスの胸元に手を掛けたレイくんに、そう主張してみる。一日働いて汗をかいた身体に、そのまま触れられるのは抵抗がある。けれど彼は、

「そんなこと気にしてるの？」

と一笑に付《ふ》して、小振りなボタンを次々と外していく。

「だ、だって……お願い、せめてシャワーを浴びさせて？」

「やだね。もう待てない」

「そんな――んっ……！」

ブラウスのボタンが全て外れ、前がはだける。彼は身体を支えているのとは反対の手で、露わになった薄いブルーのブラに触れる。

「有紗、いい匂いがするから平気だって」

ウエストのラインを撫《な》で、スカート脇にあるホックに降りてきたところで、その手が止まった。

……どうしたのだろう？

「レイくん？」

「伝線してる。ここ」

膝を折っていた私の、膝上十センチ辺りを指でなぞる。確かにその部分だけベージュ

のストッキングのサリサリとした感触がなく、彼の指を直に感じた。

「嘘、気付かなかった」

「………………」

レイくんが企むような笑みを見せた。

「ちょっと試してみたいことがあるんだけど、いい？」

「えっ？」

訊《たず》ねておきながら、レイくんの片手は私の返事を聞き届けることなく、スカートの中に差し込まれる。太腿《ふともも》を通って下腹部を撫で、そして今度は両脚の間をたどったかと思うと、たどり着いたその部分を円を描くような手つきで擦《こす》る。

「んっ……な、何っ……」

自分の両脚の間から彼の顔を見上げる。彼は、小さく首を傾げて私を見下ろした。

「いや、有紗は恥ずかしがり屋だから、誰か来たらすぐ身なりを整えられたほうがいいだろ？」

「……？」

意味が呑み込めない。ただ見つめていると、彼は「だから」と眉を上げた。

「今日はこのまま――しよう」

言うが早いか、レイくんは身体の支えを膝に代え、両手でスカートをお腹辺りまでたくしあげた。反射的に脚を閉じようとしたけれど、マットレスに付いた彼の両膝に阻まれ、それが叶わない。

ストッキングのベージュに透けて、ブラとお揃いのショーツが露わになる。彼はその両脚の間を爪で引っかくように摘《つま》み、破いた。ビッ、という摩擦音が微《かす》かに響く。

「あっ！」

下肢の中心から右の太腿にかけて、そこだけくり抜いたような大きな裂け目ができた。ベージュ越しに見るよりもくっきりと見える下着のブルー。それを見たレイくんが、ぺろりと唇を舐める。

「いい眺め」

「れ、レイくん、これってどういうっ――」

彼は次に、さきほど見つけた伝線部分を摘《つま》み、同様に破く。小さな裂け目ができて、わずかにだけれど実際の肌の色との対比ができる。

「たまには、着たままっていうのもいいでしょ？」

「着たままって……んんっ……」

彼の指先は、太腿をするりと撫《な》でたあと、レースの装飾をもてあそぶようにブルーの布地に下りてくる。ストッキング越しと素肌とで生じる感覚の差で、小刻みに身体が震えた。

「そしたら、シンが来てもすぐ途中でやめられるし」

「う、嘘っ。逆に面白がるくせに」

レイくんはいつもそうだ。部屋の外に聞こえてやしないかと私がドキドキしている傍で、彼はむしろその状況を楽しんでいるような節さえ感じる。彼いわく、恥ずかしそうにしている私の顔を見るのが面白い、とのことだったけど、心臓に悪いから勘弁してほしいのに。

レイくんは悪びれることなく笑ったまま、布地越しに両脚の間を愛撫する。彼の指先は、私のその部分にどんな風に触れたらいいのかを、もう知り尽くしている。だから、私が身をよじり、熱のこもった吐息を零《こぼ》したり、クロッチの部分に染みを作ってしまうのにも、時間は掛からない。

「んんっ……あ、っ……それ、やだっ……」

否定的な言葉を紡ぎつつも、気が付けば浅い呼吸で胸を上下させ、更なる刺激を待ちわびていた。

「相変わらず、有紗は素直じゃないよね」

「んぁんっ……！」

水分を含んだレースの上から、敏感な突起をぐりぐりと探られると、それだけで脳天に突き刺さるような強烈な感覚が走る。

「やだ、じゃないでしょ？　ここ、攻められるの大好きなくせに」

「あっ、あ……」

「こんなに濡らしてて、よく言うよ」

直接触れているわけじゃないのに、「ほら」と、レイくんが蜜の絡んだ人差し指を見せつけてくる。……そうなるようなことをしているのはレイくんのほうだっていうのに。

「本当はもう少し焦《じ》らしたかったんだけど」

レイくんがもどかしそうな顔をして、ベルトのバックルに手を掛け、スラックスの前をくつろげる。黒いボクサーパンツの中心は、彼のたかぶりが目視できる状態だった。

「――俺のほうが我慢できないや。……いいよね？」

「っ……」

わざわざ訊《たず》ねたりしているけれど、彼のほうだって私が次に何を望んでいるのかはお見通しだ。それでもはっきりと言葉で表すのには抵抗があって、微《かす》かに頷《うなず》くことで返事に代える。

そんな私の様子を見てくすっと声を立てて笑うと、先ほど脱いだ上着の内ポケットから財布を出し、さらにその中から避妊具を取りだした。

手早くそれを装着すると、私の両方の膝を深く折り、彼自身の先端を濡れたクロッチの部分にあてがった。そして、レイくんはその部分を擦《こす》りつけるように蜜を塗《まぶ》したあと、ショーツの脇をかきわけるようにゆっくりと挿入する。下肢からお腹にかけて、彼の質量に満たされていくのがわかる。

「くぅん……！」

何だか不思議な気分だった。普段の通勤着のまま、彼と一つになっているという状況を意識すればするほど、それだけで身体が火照《ほて》ってくる。

「っ……、今日の有紗、すごい締め付けてくるんだけど」

腰を進めながら切なげにレイくんが呟《つぶや》いたあと、「もしかして」と続けた。

「気に入った？　こういうシチュエーション」

「そういうわけじゃっ……！」

「いーじゃん、認めれば。俺は割と気に入ったかも――黒なら、もっとエロかったなって思うくらい」

ストッキングの色のことだ。確かに、黒なら肌色とのコントラストが余計に際立つのだろうけど……何か、ちょっとマニアックなことをしているような気がして複雑だ。

「今度、黒でもう一回やる？」

「もう一回って――ぁ、あっ……！」

レイくんのたかぶりが最奥まで到達するのを、膣内《ちつない》で感じた。一瞬息を止めた彼の片手は腰に、もう片方の手はブラ越しに膨らみへと伸ばされる。

布の上から胸の先端に触れられると、直に触れられるときとはまた違った刺激を感じる。「もっと」とせがんでしまいたくなるようなじれったい感覚が、下肢からの熱と相乗して快感に変わる。

「っ、はっ……いっそガーターとかもはいてもらおうかな。そういう有紗、見てみたい」

「……そんなの、ぁっ……い、一度も、はいたことないっ……」

そういうアイテムは自分には縁がないものだと思っていたから、身に着けるだなんて考えたこともなかった。律動を始めるレイくんの下でかぶりを振る。

「だからいいんだろ。……有紗だって、全然興味ないわけじゃ、ないんでしょ？」

「んっ……わ、私、はっ……そういうのはっ……くぅんっ」

会話の間も、彼は私の身体を貪《むさぼ》ることをやめない。さっきそう言ったように、この状況に興奮を覚えているのか、いつもよりも力強い動きで、抉《えぐ》るように腰を突き入れてはひいて、を繰り返す。

「……すごい。つながってるところ、ぐちゃぐちゃだよ。下着、有紗のでびしょびしょになっちゃってる」

レイくんは腰を支えていたほうの手で私の右手を取ると、つながり合う秘所へと導く。触れたショーツのクロッチは水の中に落としたみたいに濡れそぼっていて、レイくんを受け入れている秘裂も、とめどなく蜜を吐きだしている。

「こんなに反応してくれるなんて、やっぱり好きなんだ、こういうの」

「んぁっ……」

身体を重ねながら、折った膝にキスをされる。

彼の唇も、ストッキングの生地の感触も、両方とも気持ちいい。破った跡を辿《たど》るみたいに触れられながら、レイくんの抽送が徐々に加速する。

すっかりレイくんの形を覚えてしまった私の身体は、彼が軽口を叩きながらも、あまり余裕がないのだということを知る。いつも以上に熱く猛《たけ》るその部分は、私の膣内《ちつない》をひたすらに力強く擦《こす》り上げた。それに伴い、無意識のうちに上がる私の嬌声《きょうせい》の間隔も短くなり、襲い掛かる快楽に耐えるために奥歯をかみしめる回数も増える。

「っ……有紗、もうっ……！」

「うんっ、私もっ……んんんん!!」

膣内で小さな破裂音を聞きながら、私も同時に、高みに導かれる。

ほどなくして、レイくんの身体が私の上に投げ出された。彼の激しい呼吸音と、私のそれが重なって、狭い室内に響いた。

彼の重みや心臓の鼓動を受け止めているこのとき、彼が私に気を許してくれているのだなと感じることができる。

その権利が、私だけにあるものなのかどうかは、わからないけれど——

「……こら、有紗。何て顔してるんだよ」

いつの間にか顔を上げていたレイくんが、ちょっと心配そうな表情を見せる。

「何か、悩みでもあるのか？」

「そういうわけじゃないけど」

頬に口付けを落としたあと、レイくんの身体が離れていく。使い終わった避妊具の処理をして、自身の着衣を整えた彼は、私の秘所を清めてくれたあと、小さく息を吐いた。

「何かあったら絶対に教えて。有紗はすぐに溜《た》めこむんだから、爆発する前に俺に発散しなよ？」

「ありがと――」

私を見下ろして彼が言う。一瞬、彼が現れるまで頭の中を巡っていた内容が口から出そうになったけれど、思い留まった。

レイくんは、いつまで私を好きでいてくれるの――なんて、それを告げてどうしようというのだろう。ただプレッシャーを与えるだけじゃないだろうか。

人の気持ちは少しずつ移り変わるものであるのと同時に、誰の規制もきかないものだ。私が訴え続けてレイくんの気持ちを引き留めておくことが出来るなら、いくらでもそうする。でも、それは無駄なことなのだ。

「……有紗？」

「ううん。いいの」

私は起き上がり、ブラウスのボタンを留めながら首を横に振って答えた。

「レイくんこそ、何かあったら私に話してね」

「俺はいつも話してるよ。思ったことは何でも――取るに足らない話でも」

自信満々なレイくん。みんなでいるときこそ口数が少ない彼だけど、二人きりのときは率直に本音を話してくれる。

「そうだ。今日南波と、前々から目を付けていた企業の飛び込み営業をやってきたんだけど、アイツやっぱりすごいよ」

……また、南波さんの話。レイくんはまるで自分のことを話すみたいに嬉しそうに語り出した。

「会ってもらえるだけでも奇跡だと思ってたんだけど、相手方が南波のこと気に入ったみたいでさ、今度ゆっくり話聞きたいって。大手柄だよ、やっぱ顧客の心を掴むって大事だよな。教える側の俺が言うのもなんだけど、本当尊敬したわ」

俺も負けてらんないな――なんて口にしながら、レイくんがちょっと眩《まぶ》しそうな顔をする。きっと彼は南波さんの姿を思い浮かべているのだろう。

「……そっか。すごいね」

そんな無難なことを言いたいわけじゃないけれど、確かめるのが怖くて頷《うなず》くだけに留める。

それだけ南波さんのことを気にしてるなんて。彼女は本当にただの後輩？　惹《ひ》かれたりしていない？　どう思ってるの？

吐き出すことのできなかった言葉は未消化のまま私の心の内に留まり、新たな枷《かせ》となって私を苛《さいな》むことになるのだった。

2

気が付けば季節は真夏だった。

カレンダーは八月に替わり、会社でも、お盆休みはどう過ごすかなんて話題で盛り上がるころ——私は目に見えて調子が悪かった。といっても、体調の話じゃない。

「ねー有紗っちー。洗濯機回したまま忘れてたでしょー！」

「え、本当？」

お盆休みを控えた週末。バスルームから現れたお風呂上がりのシンくんが、洗濯物の入ったランドリーバッグを引き摺りながらダイニングにやってきた。

連日の暑さでみんなの起床時間が遅れているので、本日最初の食事となる昼食をキッチンで作っていた私は、ひょいと顔を出して訊《たず》ねた。それにつられて、すでにダイニングテーブルの自分の席に着いていたリョウくんも彼に視線を向けた。

「蓋開けたら入ってたんだよー。生乾きになっちゃってるー」

「昨日はバスタブの栓し忘れたまま風呂沸かしてたよね――って、うわ、何だこれ」

ついさっき私がグラスに注いだばかりのミルクを一口飲んだリョウくんが、変な声を上げてキッチンに駆け込んで来た。口の中身を慌てて吐き出している。

「え、どうしたのリョウくん」

「なんかこれヤバい味がするんだけど」

私は「ごめん」と前置きしながら、お味噌汁のための豆腐を切る包丁を置いて両手を合わせた。

「実は昨日、ミルクをしまうとき、うっかり冷凍室に入れちゃって。気付いてから冷蔵室に戻したんだけど、やっぱダメかな？」

「や、ダメでしょ普通。冷凍して分離すると味おかしくなるんだよ。……僕はてっきりこの暑さで腐ったのかと思った」

どっちもどっちだけど――なんて苦笑いを浮かべながら、彼はグラスを置いた。

「有紗っちさあー、最近ちょっと変じゃないー？」

ランドリーバッグを脇に置いて、シンくんがジト目で私を見やる。

「なんかー、注意力散漫っていうかー」

「確かにミスは多いよね。疲れ溜《た》まってるの？」

「うーん……」

私は曖昧《あいまい》に答えた。

そのとき、ダイニングの扉を開けてレイくんが現れた。彼が挨拶《あいさつ》を口にするより先に、シンくんが、

「ちょっとー。おたくの彼女さん、最近どーしたのー？」

なんて、口を尖《とが》らせながら問いかける。

「何だよいきなり」

「有紗っちだよ有紗っち、明らかに変じゃんー」

シンくんはランドリーバッグの中の、生乾きの洗濯物たちを示しながら言う。

「………」

それを聞いて、レイくんは何かを言いたそうに私を見た。

このごろの私の絶不調っぷりといったらなかった。集中力がないというか、心ここにあらずというか——とにかく、何か作業をしようとすると、必ずやらかしてしまう。

当然、彼も私の不調にはとっくに気付いている。だけど、私が「何でもない」と言い張るものだから様子を見ている、とそんなところだろう。

シンくんの言う通り、私は変なのだ。少しでも考える暇が出来てしまうと、『レイくんは、いつまで私を好きでいてくれるの』とか『南波さんにレイくんをとられたりしないだろうか』と考えてしまう。そして、その思いが不安や恐怖をあおって、頭を埋め尽くしてしまうのだ。

かといって、レイくんからそういう兆《きざ》しが感じられるわけではない。私たちはこれまで通り、順調に関係を育《はぐく》んでいる……と思っている。

起きてもいないことに対して悩むのは空《むな》しいのだけど、理性でわかっていても感情が言うことを聞かない。好きな人と満たされた毎日を送っているはずなのに、その満たされた日々を粉々に打ち砕く何かがすぐ後ろまで迫っているような気さえする。直行に別れを告げられた日のように、その時が突然やってきそうで怖かった。

……これはきっと防衛策なんだ。いきなり訪れるそのショックに、耐えるための。

「ご、ごめんごめん。気を付けるから――ね、ご飯食べよ。今運ぶから」

私は明るい声で呼びかけると、火にかけていたお鍋を止めた。

「カウンターに出してくれたら、俺運んどくよ」

「あ、レイくん。じゃあお願い」

私はお茶碗によそったご飯と、ハムエッグのお皿をカウンターにのせる。ハムエッグは人数分を一度に焼けるから、最近の私のお気に入りだ。カウンターの空きを見て、最後に、たった今までお鍋にかけていた豆腐とネギのお味噌汁が入ったお椀を置いていく。

「…………」

が、そのお椀を覗《のぞ》き込んだレイくんの表情が曇る。

「有紗、これって、味噌汁じゃないの？」

「え？　あっ――」

カウンターの外から、お椀の中身を指差すレイくん。何だろうと思って見てみたら、汁の色が妙に澄んでいる。味噌が入っていないのは一目瞭然《いちもくりょうぜん》だった。

「ご、ごめん、お味噌入れるっ」

まただ。またうっかりやらかしてしまった。お椀を回収しながら、自分が嫌になる。

味噌の入っていないお味噌汁。――さすがにこれはダメージが大きい。

お鍋に戻し入れた不完全なそれを再び火に掛けながら、みんなの刺さるような視線を一身に浴びたのだった。


「ねーレイちゃん。ちょっとマジでやばいんじゃないのー？」

いただきます――という号令のあと、シンくんが神妙な顔で切り出す。

「……何が」

「何がって、わかってるくせにー。有紗っちだよー」

「レイジロ、ケンカでもしたのか？」

リョウくんが訊《たず》ねる。私がこんなにもフワフワしているのは、私とレイくんとの間でもめごとがあったからだと思っているらしい。

「してない」

「じゃー何でこんなことになってんのー？」

「…………」

となりから視線を感じる。それから逃れるようにお味噌汁をすすることに没頭した。

レイくんも本当は私を問い質したいのだと思う。でも、私が自ら言い出すまで待ってくれているのだ。

私はレイくんの優しさに甘えながらも、本当のことは口に出せないでいた。

出してしまえば、それは「私と別れないで欲しい」というのと同じ意味で、レイくんを束縛してしまうことだから。そんな煩《わずら》わしい真似はしたくない。

南波さんがレイくんを狙っているかも――と意識し始めてからというもの、会社での私は、大きなコピー機の向こう側にある営業部のほうへと頻繁《ひんぱん》に目をやるようになった。

もちろん、レイくんと南波さんのやり取りを観察するためだ。

決してレイくんが浮気をしているのかもなんて疑っているわけじゃない。メグちゃんの話にもあったように、南波さんからレイくんへは距離を詰めたい雰囲気が感じられるものの、対するレイくんの態度は冷たくならない程度にビジネスライク。

私が彼らについ視線を向けてしまうのは、むしろレイくんのリアクションを見て安心したいというか、とにかく、二人が同僚という枠からはみ出ていないことを確認したいだけなのだ。

とはいっても、営業は外回りの時間のほうが圧倒的に長い。会社を出たあとの二人がどう過ごしているかまでは確認できないわけで、結局気を揉《も》んでしまっている。

女の私から見ても南波さんは魅力的な人なのだし、男のレイくんならクラッときてしまってもおかしくない。考えたくないけれど。

「もしかしたらレイちゃんの頑張りが足りないんじゃないのー？」

「それはあるかもな」

ハムエッグの黄身を箸先で潰しながらシンくんが言ったことに、リョウくんが乗っかる。となりのレイくんの視線が、今度は彼らに向いたのがわかった。

「どういう意味だよ」

「有紗ちゃんが元気ないのは、お前の力不足が原因じゃないかって意味だよ。なあ、シン？」

「うんー。オレらだったら有紗っちのこと、もっと元気付けてあげられるもんねー」

「それはない」

レイくんは、そんな二人にキッパリ言い切った。

「なんでだよー。そんなの、試してみなきゃわかんないじゃーん」

「私、別に元気だし、レイくんが力不足とかそういうことはないよ」

勝手に悩んで気を散らしているのは私なわけで、レイくんが悪いわけじゃない。口を挟むと、対面のシンくんとリョウくんが「ふうん」と意味ありげな顔で頷《うなず》いた。何よ、「ふうん」て。

「そういや、レイジロも有紗ちゃんも、盆休みってどうするんだ？　何か予定あるの？」

会話の途切れ目。リョウくんが思い出したように訊《たず》ねた。

「お盆休み……」

レイくんと顔を見合わせる。せっかく彼と五日間も休みが重なるから、二人でどこかに行ければいいねという話をしていたが、特に具体的に決めているわけではない。

「おー、空いてるっぽい感じだねー」

「なあレイジロ。だったらこの盆休みを使って、僕らにチャンスをくれないか？」

「……チャンス？」

訊ねるレイくんに、リョウくんはよくぞ訊《き》いてくれたとばかりに咳払いをして続けた。

「そう。二人で過ごす時間のうち、二日だけ僕らのために割いてほしい。平たく言えば、僕らと有紗ちゃんをデートさせてもらいたいんだ」

「はあ？」

短く息を吐きながら、レイくんは首を横に振った。

「バカも休み休み言え。何でせっかくの長期休暇に、自分の彼女とお前らをデートさせなきゃいけないんだ。」

「まあまあ、最後まで聞いてくれよ」

リョウくんは怒りだしそうなレイくんを片手で制しながら続ける。

「お前の言い分ももっともだ。だから、そっちにもメリットがあるような条件を出す。……もし、有紗ちゃんが僕らとのデートで少しも気持ちが傾かなかったなら、僕とシンは有紗ちゃんから手を引く。それでどうだ？」

「ええー、それ本当なのリョウくんー!?」

どうやら二人で相談して決めたことではなかったらしい。シンくんが目を丸くする。

「僕、こんな状態の有紗ちゃんは見てられないからさ。少しでも有紗ちゃんの気が晴れる手伝いをしたいんだ。レイジロにとっても悪くない提案だろ――ま、自分に自信がないなら別だけど」

うまくレイくんのプライドを擽《くすぐ》ると、案の定、彼は心外だとばかりに鼻を鳴らした。

「ないわけないだろ。有紗はお前らを選んだりしないからな」

「じゃあ問題ないじゃないか。有紗ちゃんも、これからずっと僕やシンに付きまとわれるよりは、一度だけデートしてスパッと諦めてもらったほうが楽だろ？　もちろん、有紗ちゃんの嫌がるようなことはしない。約束する」

今度は「どう？」と私に意見を求めてくる。思いがけない提案に困惑して食事の手を止め、もう一度レイくんと顔を見合わせた。家の中で二人に言い寄られ続けることを考えたら、はっきり区切りを付けておいたほうがいいのかもしれない、という気もしてくるけれど……

レイくんにも話を通しているとはいえ、私に想いを寄せる男性とデートをするというのも気が引ける。

「……本当に、有紗の気持ちが動かなかったら、手を引くのか？」

ところが。レイくんは渋った末にその提案を受けるような答えを口にした。

「もちろん」

「えーオレはやだなー」

「シン、なら有紗ちゃんがお前にホレるようなデートを仕掛ければいいだろ。このままの状態が続いたって、僕らもレイジロの手前、動きづらいし」

乗り気じゃないシンくんをリョウくんが唆《そそのか》すと、それ以上シンくんは何も言わなかった。「それもそうかな」と考えているのだろう。

「異論がないなら決まりでいいよね」

みんなを見回してリョウくんが訊《たず》ねる。私は、なおもレイくんの反応を追ったけれど、拒む様子はない。最後に私が微《かす》かに頷《うなず》くのを確認して、リョウくんがニッと笑う。

「……じゃ、有紗ちゃん。デート楽しみにしてるから」

「そっかー、ならオレもデートプラン考えないとなー。有紗っち、楽しみにしててねー」

不服そうにしていたシンくんだけど、リョウくんの言葉に彼も負けじと胸を叩いて見せた。

「せいぜい最初で最後のデート、楽しんでくるんだな」

憎まれ口をきくレイくんに、心に掛かった靄《もや》が濃くなるのを感じた。

リョウくんの提案は、確かに悪くはない。私はレイくんのことが好きだし、他の二人をそういう対象としては見ていないから、気持ちが動いたりなんてしない。

でもそれを知っているのは私だけだ。なら、レイくんはどういう気持ちでこの提案を呑んだのだろう。

もちろん、他の二人を諦めさせるためだというのはわかってる。けど、レイくんはそれによって私の興味がリョウくんかシンくんに移ったりしないかと、不安にならないのだろうか。

……もしかしたら、それでもいいと思っているのだろうか——なんてマイナスな感情が頭をよぎる。いけない、いけない。レイくんはそんなこと一言も口にしていないのに。

悪い方向に解釈しようとするのはよくない癖だ。私は、新たに生じた不安を振り払うようにかぶりを振って、食事に戻った。

そしてやってきたお盆休み初日。この日、私はリョウくんとのデートを控え、部屋で支度を整えていた。

デートの待ち合わせは渋谷で午後五時。終日予定がないのでもっと早い時間からでもよかったのだけど、それまで仕事が詰まっていた私を気遣って、遅めの時間に設定してくれたようだ。

「えっと、じゃあ、いってくるね」

「いってらっしゃーい。明日はオレとのデートも控えてるから、早めに帰ってきてねー」

「……気を付けて。道中っていうか、リョウに」

玄関でシンくんとレイくんが見送りをしてくれる。恋人にデートの見送りをされるのはちょっと、いや大分気まずい感じがするけれど、私は「うん」と笑って頷《うなず》いた。

電車に乗って移動し、先にハチ公前で待っていたリョウくんと合流する。

今日彼が身に着けている黒いポロシャツは、前立ての裏に花柄の生地がちらりと見えて可愛い。ベージュのタイトなチノパンや白ベースのデッキシューズと合わせてあるのは、さすが爽やか系を装う彼らしいチョイスだなと思った。

「おまたせ」

声を掛けると、黒い縁の眼鏡の位置を直しながら彼が「ううん」と答えた。

「リョウくん、何かこっちで用事があったの？」

「別にないよ。どうして？」

「だって、待ち合わせにするっていうから」

同じ家に住んでいるのだから、目的地が同じなら一緒に出ればよかったのに。

「デートっていったら待ち合わせでしょ。いつも家で顔を合わせている分、そのほうが新鮮でいいかなと思って――有紗ちゃん、今日はちょっと雰囲気違うね」

「そう、かな」

夜のデートということで、通勤着と違ってもう少しきちんとした格好を選んでみたつもりだ。ウエストにギャザーの入った刺しゅうレースの半袖ワンピース。膝上丈のそれに、Tストラップのサンダルを合わせた。

「うん、可愛い。すごく似合ってるよ」

「あ、ありがとう」

シェアハウスの面々は、こういうことを全く照れずに口にできるのがすごいと思う。褒められ耐性がついていない身としては、ただただ恐縮するばかりだ。

「店は向こうのほうなんだ。行こうか」

「うん」

私はリョウくんに連れられて歩き出した。

彼が選んだのはハチ公口を出て十分も掛からないビアバー。それも、クラフトビールが置いてあるところ。真っ黒でスタイリッシュなドアを開けると、中央にビアタップの並ぶコの字型のカウンターが見えた。中にいる店員さんに促《うなが》されて、そのカウンターの端に腰を下ろす。

「そういえばまだビアバーに行くって約束、果たしてなかったね」

「そう。だから、いっそ僕が連れてこようかなと思ったわけ――何飲む?」

「私、あんまりよくわからないからリョウくんに任せるよ」

普段、そんなにお酒を飲まない私にビールの種類なんてわかるはずがない。彼のオススメを頼んでもらうことにする。

「本当は、メグのときみたいにラブロマンスものの映画でもいいかなと思ったんだよね。レイジロの反応見て楽しみたいし」

オーダーを済ませたリョウくんが、「面白いでしょ?」と笑った。

彼はたまにこういうブラックなことを口にする。割と素で言ってるところが、ちょっと怖いなと思ったりして。

目の前のビアタップから注がれた黒い色をしたビールが、私とリョウくんの目の前に置かれた。軽くジョッキを合わせて乾杯をしてから飲む。

初めての味だけど、美味《おい》しい。素直に感想を告げると「それはよかった」と喜んでくれた。

「リョウくんはビールが好きだよね。家で買いだめしてるのもほとんどビールだし」

「ビールに限らず酒は好きだよ。楽しい酒なら特にね」

「家で普段から飲んでるのって、リョウくんだけだよね」

「シンは太るからって頻繁《ひんぱん》には飲まないし、レイジロも付き合いで飲むことが多い分、ひとりでいるときはあんまり飲まないからね——っていうか、それより」

世間話の最中、リョウくんがやんわりとストップをかける。

「僕の話はいいからさ。で、どうしたの？」

「何が？」

「最近の有紗ちゃんのこと。最初に言ったろ、今日は有紗ちゃんを元気付けるためのデートだって……しっかりものの有紗ちゃんらしくないよ。ボンヤリしてさ」

今回のデートが決まってから、リョウくんとシンくんは私のおかしな様子について触れてくることはなかった。だから、きっと一対一になったときに何か突っ込まれるかもしれないとは思っていたけど、まさかこんな風に速攻で訊《き》かれるとは。

「シンとは、もしかしたらレイジロと上手くいってないのかもしれないなーなんて話してたけど、普段の様子を見る限りだとそうでもないし」

「……そうとは限らないかも」

　彼の横顔を見やる。「えっ」と驚いた様子で、リョウくんがこちらを見た。

「ううん、別にケンカしたとかそういうんじゃないの。ただちょっと考えちゃった。リョウくんやシンくんとデートするって話になったとき、普段ならそういうの絶対に嫌がりそうなレイくんが、受け入れたじゃない？」

「有紗ちゃん、それはさ」

「そう、リョウくんとシンくんに諦めてもらうためだっていうのはわかってる。頭ではわかってるんだけど……言ってたでしょ、考えちゃうの――レイくんの気持ちがいつか変わっちゃうんじゃないかって。それで、急に別れを切りだされたりするんじゃないかって」

「…………」

「それに最近、営業部の南波さんからモーション掛けられてるんでしょ？　レイくんも、彼女の話を楽しそうにするし……。何だかもう自信がなくなっちゃったんだ。レイくんが私を好きでいてくれる自信が」

　リョウくんはビールを傾けながら黙って私の話を聞いていた。私も、ひとしきり話し終えると黒いビールを黙って飲んだ。ほんの少しだけチョコレートみたいな味がする、と思う。

「デート中に他の男との恋愛にアドバイスするっていうのも、滑稽《こっけい》な話だけど」

「そ、そうだよね、ごめん」

すっかり悩み相談モードに入ってしまっていた。そうか、今日はデートだったんだっけ。慌てて謝ると、リョウくんはくすくすと笑いながら「ううん」と首を振る。

「いいんだよ。同じことの繰り返しになっちゃうけど、有紗ちゃんを元気付けるためなんだから。……よくよく思い出してみて。レイジロはさ、今やっと夢が叶ったところなの。再会した気になる従姉《いとこ》のお姉さんに仕事紹介して、家に住まわせて、更にはモノにしてしまおうっていう。で、レイジロは希望通りモノにできたお姉さんと、一緒に暮らしているわけよ」

「……うん」

「つまり、幸せの絶頂にいる」

リョウくんは一旦言葉を止めた。それがどういうことを意味するのか、私自身に悟らせようとするように。けれど、私がきょとんとした顔をしているのを見て、先を続けた。

「わかんないかな。今、怖いと思ってるのは有紗ちゃんじゃなくて、むしろレイジロのほうかもしれないってことだよ」

「レイくんが？」

「うん。だって、レイジロの思い描いた通りの生活が実現してるわけでしょ。だとしたら、レイジロが今一番恐れているのは、この生活が変わってしまうことなんじゃないの？」

私はそこまでレイくんに愛されているのだろうか？　……いまいち確証が持てない。

「信じてやりなよ。レイジロのこと」

「信じてないわけじゃないんだよ。……でも」

ハッキリしない態度の私に、リョウくんが肩をすくめた。

「気持ちが通じ合ったあとって、もうゴールしたようなもんだし。そこから先はいかに振り出しに戻らないようにするかってことなんだけど――今聞いた感じ、有紗ちゃんが抱えてる問題を解消する方法は一つしかないかな」

「……方法、って？」

「結婚」

リョウくんがサラッと言い放つ。飲んでいたビールが気管に入って、ゴホゴホとむせた。

「大丈夫？」

「う、うん……って、そ、そんな現実離れした解決法なんて求めてないよ」

「現実離れしてるかな？　お互い好き同士で付き合ってるんなら、当然選択肢の一つとして挙がることだと思うんだけど」

「でっ、でも――まだ付き合って二ヶ月ぐらいしか経ってないのに……」

しどろもどろに言い返すと、リョウくんが苦笑いする。

「二人の気持ちが変わらなければいつかは通る道だよ。早いか遅いかの違いじゃないのかな。それに、結婚することで気持ちもより固まるだろうし、精神的にも楽になりそうだから、有紗ちゃんにとってはいいことずくめだと思う。年齢的にも問題ないし、そういう方向も考えてみたら？」

レイくんと結婚だなんて、まだそういう考えに至ったことはなかったから驚いた。リョウくんの助言に圧倒されつつ、それが実現できるのであればどんなに素敵なことだろうとは思う。

とはいえ、それは一旦置いておくとして。私と同じようにレイくんも今の生活を失うのを恐れているかもしれない、という意見は、私の心をかなり軽くしてくれるものだった。

「リョウくんありがとう。ちょっと元気でた」

何だかんだで、リョウくんは頼りになる。お礼を告げると、彼は涼しい顔でこう言った。

「いやいや、僕は人妻でも構わないからさ。有紗ちゃんのほうもバレないようにやってもらえれば、揉《も》めることもないだろうし」

……こういう刹那《せつな》的なところがなければもっと尊敬できるんだけど。

ともあれ、私は彼のお陰で美味《おい》しいビールを飲みながら、一日目の休日をエンジョイしたのであった。

二日目はシンくんとのデート。前日のリョウくんとのパターンとは違い、お昼からという健康的なコースだった。

「有紗っちー、準備できた？　そろそろ出かけようー」

「うん、大丈夫」

部屋で支度を済ませて階段を降りると、緩めのシルエットの黒いTシャツに、同じく黒で全体にカラフルなダメージの入ったスキニーパンツをはいてスタンバイしているシンくんの姿があった。

「格好もそうだけど、歩きやすい靴にしてね、いっぱい歩くから」

「わかった」

いつもビジュアル系のファッションをしているシンくんは黒を着てくるだろうと予想していたので、あえて白っぽいカットソーに花柄のパンツを合わせた。ヒールのほとんどないサンダルをはいて出発する。

「じゃあ行こう」

私は彼と家を出て、駅に向かった。

ショッピングをしたいのだというシンくんとともに、彼の希望である池袋へ向かう。

「シンくんと二人で外出したことってないよね」

「そーなんだよねー。だからオレ、嬉しくってー」

会社帰りに一緒になったりするリョウくんと違い、生活リズムの全く違うシンくんとは行動を共にする機会が極端に少ない。だから、家でしか接することのない彼と並んで外を歩くのはものすごく新鮮だった。

シンくんと外を歩いてみて一つわかったことがある。それは、彼と一緒にいるととても目立つということ。

一緒に暮らして見慣れていたから忘れてたけど、冷静に観察すればシンくんはドのつく美形だ。日本人の両親から生まれたとは思えない、スラリとした体型に彫りの深いハッキリした顔立ち。脱色した眉と髪。英語で道を訊《たず》ねられることもあるらしいけれど、彼は残念なことに英語が全くできないので、いつも申し訳ない思いをするのだとか。

街行く人が私たちを見て振り返るのは、不思議な気分だった。もちろん、人々の視線は私ではなくシンくんに向けられているのだけど、普段はこんな風に注目される機会なんてまずないから。

「はーい、ここが目的地ー！」

辿《たど》り着いたのは、東池袋。路地裏にひっそりとたたずむその店の中に、シンくんはためらいもせずに入っていく。

「いらっしゃいませ」

と私たちを迎え入れた女性は、どこかの学校の制服のようなものを着ている。ようなもの、と付けたのは、配色があまりにもカラフルだったからだ。

「ここって、コスプレのお店？」

「そーなのー。持ってる服の肩のパーツが壊れちゃったから、いっそ買い換えようかと思ってー」

ズラリと並ぶトルソーやハンガーラックには、様々な世界観の衣装が掛かっている。

なるほど、どうりで浮世離れした感じが漂っているわけだ。浮世のアイテムではないのだから。

「すぐ買ってくるから、適当に見て待っててー」

「わかった」

すでに目当てのものを見つけていたらしい。白っぽい制服のような何かゴテゴテした衣装を持ったシンくんが、真っ直ぐレジに向かう。

しかし知らなかった、こういう専門店があるんだ。

「あの、ナガレボシピカリさんですよね？」

レジを担当している制服姿の女性が、会計をしながらシンくんに訊ねた。

「はいー、そうですよー」

「わ、本物なんですねっ。すみません、よかったらうちのお店にサイン書いてもらえませんかー？　私、ピカリさんの写真大好きなんですよー」

「あー全然いいですよー。ありがとーございますー」

「いいんですか!?　感激です！」

びっくり。シンくんがサインをねだられている。

ふと店内にデカデカと貼られているポスターが目に入った。アップで真っ青なウィッグを被って王子様のような格好をしている男性は、かなり濃いメイクが施《ほどこ》されて、もはや日本人離れというか人間離れしている。が、これはシンくんだ。ポスターの横に、『流星☆ピカリ♪』とクレジットらしきものがあった。『流星☆ピカリ♪』ってすごいネーミングセンス。

「ありがとうございました、またいつでもお越しください！」

「はーい」

色紙にサインを終えたシンくんと合流して、お店を出る。

「シンくんって有名人なんだね。さっきのお店にポスターも貼ってあったし」

「んー、有名人ってほどでもないけど、こういうの好きな人なら知ってるのかもねー」

シンくんはそれを鼻にかけるでもなくそう言うと、

「そろそろ喉乾いちゃったよねー。カフェで休憩しよっかー？」

と、無邪気な笑みを浮かべる。歩き疲れてきたころだったから、私たちは近場のカフェで足を休めることにした。

「シンくんはさ、彼女いないの？」

コーヒーで一息ついたあと、そういえば聞いたことがなかったなと思って訊《たず》ねてみる。すると、彼は顔の前で手を振って否定した。

「リョウくんじゃないんだからいるわけないじゃーん、ひどいなー。だからこうして有紗っちにアタックしてるわけでしょー?」

「でも、シンくんみたいな人気者だったら、近寄ってくる人いっぱいいるんじゃないの? さっきの女の人みたいに」

飲み終わったアイスコーヒーに刺さっていた緑色のストローを容器から抜きとり、ペーパーナプキンの上に水滴を垂らしたりしながら、彼が首をひねった。

「うーん……オレは自分の顔とか身体とか大好きだけど、それだけを見て寄ってくる人ってちょっとゴメンナサイなんだよねー。ありきたりな言葉だけどー、中身を見て欲しいっていうかー」

私は特別容姿に恵まれた人間ではないけど、彼の気持ちはわからなくはない。頷《うなず》いてみせると、シンくんはストローを離し、ぱあっと表情を明るくして続けた。

「有紗っちはそういうタイプじゃなさそーだし、いいかなーって思ったんだー」

「……そう。ありがとう」

何て答えていいのかわからなくて、とりあえず笑ってお礼を述べた。

「昨日のリョウくんとのデート、楽しかった?」

「え？　うん、楽しかったよ。何で？」

「よかった、じゃあリョウくんのおかげだね。……最近、ちょっと怖い顔してたから心配だったけど、今日は笑ってる顔が多くて安心したんだー」

安堵《あんど》した表情でそう言うシンくん。普段より真面目な眼差しに変わると、ふうっと息を吐いた。

「……オレっていっつも自分のことしか考えてないから、今日のデートもどうしようかなーって悩んだんだけど、よくわかんなくなっちゃって、とりあえずオレが楽めるデートにしちゃったんだ。だから、もし疲れさせるだけだったらごめんね」

「ううん、そんなことないよ。シンくんとのデートも、すごく楽しい」

外見の割に天真爛漫《てんしんらんまん》な言動をするシンくんとのデートは、昨日のリョウくんとのそれと違って、何かアドバイスを求めたり、考えたりすることはない。けれど、その分解放感があり、癒《いや》されるものだった。

「でも、やっぱり私の気持ちは——」

「ストップ」

シンくんが笑顔で両手を前に突きだす。

「本当にせっかちだよねー、有紗っちは。ちょっとくらい希望持たせてよー。とりあえず、今日のデートが終わるまではさ」

「……そうだね、ごめん」

ものすごく失礼な発言をしてしまったと気付いて反省する。

まだデートの途中なのだ。私の中で気持ちは定まっていても、シンくんは今それを動かそうとしてくれているのに。

「いいってー。そんな簡単にいかないことくらいわかってるし、有紗っちに元気になってもらうのが目的だからね。……でも、残りの時間はオレのことだけ考えてよねー」

「はいはい、わかった」

リョウくんもシンくんも、それぞれ私のことをどうにか楽しませようとしてくれているのが伝わってきて、その気持ちが素直に嬉しかった。

カフェでそれから夕刻まで他愛のないおしゃべりをし、私たちは帰宅の途についたのだった。

3

翌日の早朝、私を呼ぶ声に意識が浮上する。

眠気に後ろ髪を引かれながらも瞳を開けると、レイくんの綺麗な顔が間近にあってびっくりした。

「れ、レイくんっ……？」

「有紗、起きて。出かけるよ」

「で、出かけるって？　どこか行く約束なんてしてたっけ？？」

残り三日のお盆休みは、二人でまったり過ごすと決めていたはず。私のお腹に掛かっていたタオルケットをはぐレイくんは、この暑いのに仕事用のスーツを着ていた。

「ねえ、どこ行くの？」

「いいから。出かけるよ」

訊《たず》ねても同じ答えしか返ってこない。仕方がないので、私は身体を起こした。

「三十分くらいで支度できる？」

「え、あ、うん……頑張る」

何が何だかわからないけれど、三十分しか時間がないのであれば急がなくてはならない。レイくんが階下に降りて行ったのを確認して着替えを済ませると、バスルームへ向かい洗顔やメイクなどの準備に取り掛かった。

まさかお盆期間中にこんなに早起きするとは思わなかった。リョウくんもシンくんもまだそれぞれの部屋で寝ているようだったので、「出掛けてきます」という書き置きだけ残して家を出たのが午前八時半。駅に向かって歩きながら、レイくんが切符らしきものを私に手渡してくる。

「これ、何？」

「新幹線のチケット」

そんなの見ればわかる。どこへ向かうのかと訊《き》いているのに――と突っ掛かりそうになったとき、チケットに書かれた駅名を見て、足が止まった。

「有紗？」

「私の実家に行くの？　何で？」

そこに書かれていたのは、私がかつて暮らしていた藤堂家のある、地元駅。

「やっぱりお盆だから、帰ったほうがいいと思ったんだ。せっかくだから、俺も叔母さんたちに挨拶《あいさつ》したいし」

「それならそうと教えてくれたらいいのに」

「だって有紗、地元に帰るのはあまり気が進まないみたいだったから」

思っていただけでなく、口に出していたこともあったかもしれない。

東京と違い、田舎は人が集まるところというのが決まっている。もう二度と会いたくない直行や澪ちゃんと、鉢合わせしてしまうこともあると思ったのだ。

私たちを乗せた新幹線は、二時間ほど走ってとある駅に停まった。それから在来線に乗り換える。

車窓からの景色が次第に見慣れたのどかなものに変わると、私の心に大きな安堵感《あんどかん》と小さな焦燥感《しょうそうかん》が広がる。

帰って来たんだと思う。生まれ育った町に。楽しい思い出も悲しい思い出もたくさん詰まったこの町に。

駅で拾ったタクシーに乗り、自宅の住所を告げる。

「そういえば、うちの親に伝えてあるの？　今日行くって」

「当然」

ぬかりはないとレイくんが笑った。

実家の周辺は車がないと不便な地域だ。二十分ほどタクシーは走って、家の前に到着する。

三月に出てきたときそのままの、築三十年、二階建ての一軒家。インターホンは呼び鈴という言い方が似合うような作りだし、夜、玄関前に自動のライトなんて点《つ》かない。

神村家と比べたら笑われてしまいそうな我が家だけど、手痛い失恋を経験するまでは、私にとってここはどこよりも落ち着く場所だった。

その呼び鈴風のインターホンを押すと、板チョコのような模様の玄関ドアから、長めの髪をヘアバンドで留めた弟の友也が出てきた。

「ただいま」

「うわ、ねーちゃん。久しぶりじゃん。……もしかしてとなりにいるのって、れいじろー?」

「久しぶりだな、友也」

扉の前で指を差す友也に、レイくんが笑いかける。

「噂通りマジでイケメンになってるー。や、綺麗系ってゆーの? ま、いいや、上がってよ」

おそらく優也あたりから情報を得たのだろう。友也は私たちを促《うなが》して家に上げた。

「友也、お父さんとお母さんは?」

「今、町内会の集まりだけどすぐに帰ってくると思うよ」

ひんやりした板廊下を通りながら、私たちは友也のあとについてリビングに向かう。

「れいじろー、その格好暑くないか? 仕事でもないのに、もっとラフな服で来ればよかったのに」

扉の前でそう振り返った友也は、Tシャツにハーフパンツというういかにも学生らしい装いだ。弟の指摘に、レイくんは指先で額の汗を拭いながら「いや」と首を横に振る。

「そういうわけにはいかないいんだ」

「何でだよ?」

「今日は大事な挨拶《あいさつ》をしにきたんだ。一応、正装じゃないとと思って」

「……大事な、挨拶?」

そんな話は聞いてない。今度は私が訊《たず》ねた。

「娘さんを俺にくださいっていう、一生に一度の挨拶をね」

私と友也の悲鳴が、藤堂家の廊下で見事に重なった。

◆◇◆

「それにしても、びっくりしたよ、レイくん」

実家の私の部屋。お母さんが用意してくれた赤いチェックのパジャマに着替えた私は、お揃いの青いチェックのパジャマを着ているレイくんの胸を押して言う。

ベッドの下に布団を一組敷いてあるけど、私もレイくんもベッドの上に座っていた。

「私より先に、友也に教えるってどういうこと？」

「ごめん。有紗は心配性だから、先に叔母さんたちに許可をもらうほうが早いと思ったんだよ」

「それで私が断ったらどうするつもりだったの？」

「そのときは俺が恥かくだけだけど、断られない自信があったから」

「よく言うよ」

軽口を叩きながらも、その通りだと思った。私がレイくんのプロポーズを断るなんて有り得ない。

私の答えに迷いはなかった。でも、それをよく知っていますよ、と言いたげな彼がちょっとだけ憎らしい。アルコールで赤らんだレイくんの顔を睨みつける。

驚きのあまり呆然とする私と友也をよそに、町内会の会合から帰って来たお父さんとお母さんの前で、レイくんは、今私と付き合っていることや、宣言通りに「娘さんを下さい」という挨拶《あいさつ》を堂々とこなしていた。

両親の反応は思いのほか柔軟で、素直に喜んでくれたくらいだ。レイくんのことをもともと気に入っていたのは知っているけれど、まさかこんなにアッサリことが運ぶとは思わなかった。

いろいろと思うところもあっただろうけれど、おそらく以前の婚約破棄が、私たちの関係をスムーズに認めてくれた一因であることに間違いはないはずだ。

結局「一杯飲んでいきなさい」という話になり、そのまま一晩泊まっていくことになった。お酒が好きな両親や友也の相手をレイくんに任せ、私は一足先にお風呂でくつろいでいた。そして今やっとレイくんも解放されたらしく、こうして私の部屋で二人して一息ついているところだ。

「でも、どうして急に結婚――って思ったの？」

「急にじゃないよ。有紗と付き合い始めたときには、結婚できたらいいなとは思ってたんだ。やっと想いが届いたんだから、それを確かなものにしたいって」

結婚まで考えが至らなかった私と違い、彼は最初から意識してくれていたということなのだろうか。目をみはると、レイくんが眉を下げる。

「ま、でも本当のところ、リョウに背中を押されたっていうのはあるよ」

「リョウくんに？」

「昨日、有紗がシンとデートしてる時、リョウに言われたんだ。『有紗ちゃんが不安がってるから、わかりやすく安心させてやれば』って。……アイツ、敵に塩を送ってどうすんだよな」

レイくんはそう笑って、向かい合った私の肩を押し、ベッドに沈めようとする。

「やだ、ここ私の家だよ」

「普段だって周りにはリョウやシンがいるだろ？」

「そうだけど……声とかもれたら困るしっ……んっ……」

交わしたキスはお酒の味がする。もしかしたら、酔っ払っているのかもしれない。覆い被さってくる彼の身体を押しのけようとするけれど、腕が疲れるだけであまり意味がなかった。

パジャマのボタンを全て外したレイくんの手が、それ以外何も身に着けていない胸元に差し込まれる。

「ちょ、ちょっと──」

「有紗だって期待してるじゃん。ここ、立ち上がってるけど？」

ここ、と言いながら指の腹で触れるのは、胸の中心にある飾り。人差し指と親指で摘《つま》むように持ち替えられると、ぴりぴりと甘い痺《しび》れが生じる。

「んんっ……」

微《かす》かにもれた吐息に、レイくんが意地悪な笑みを浮かべる。

「やっぱり、親に聞かれてるかもしれないとかって思うと、興奮するの？」

「そ、そんなんじゃないっ」

即答した割には、内心、完全に否定はできないかもと思っていた。いや、興奮とかじゃなく、実家でこういう行為に及んでいるという背徳感が、妙に神経を鋭敏にしてしまっている気がする。

「本当？」

「あっ……」

今度はパジャマのズボンをずり下ろされ、はぎ取られる。そして、ショーツ越しにゆっくりと秘所を撫《な》でられた。

「結構濡れてない？　まだ、ほとんど何もしてないのに」

湿り気を感じたレイくんが、無遠慮にショーツの脇から指を差し込んで、秘裂の上を縦になぞる。すでにぬかるんでいるそこを、人差し指でラインを描くように動かすと、否応《いやおう》なしに身体が震えた。

「やっぱり濡れてるよ。もうとろとろ」

「……っ、言わないで」

恥ずかしくて頬が熱くなる。私の身体ときたら、一体何を考えているんだろう。

「有紗、いきなりこんな風に興奮してるのって珍しいよね。何だか、俺もその気になってきた」

「やっ――」

彼はショーツをずり下ろして、私の両方の太腿《ふともも》をがっちりと押さえこむと、その脚の間に顔を埋《うず》めた。

「んっ……んんっ！」

「ダメだよ、静かにして。声がもれたらすごく気まずいことになるよ？」

レイくんの舌が秘裂の上を這《は》い回る。下から上に舐め上げたり、入口やその上に隠れた突起を突いたり。敏感な粘膜同士が触れ合う度に、閉じた唇から声と吐息の中間みたいな音がもれる。

「声抑えるのは慣れてるはずなんだけど」

「む、り……だよっ……く、んっ……」

確かに、シェアハウスでこういうことをするときも声は出さないように我慢してるけど……

「すごい、真っ赤だよ。それに、次々に溢れてくる」

舌先を下肢の入口に埋めながら、レイくんが呟《つぶや》く。彼の指摘通り、入り口からは潤いが次々と滴《したた》り、おそらくシーツや彼の口元を汚してしまっているのだろう。

レイくんは溢れてくるそれらを掬《すく》い、ときにすすりながら更に舌先で入り口を抉《えぐ》る。

「ゃ、んっ……やめ、て」

「やめて欲しくなさそうだけどね、ここは」

もっと刺激をと欲するように蜜を吐きだすその部分。レイくんはその蜜を舌に絡めたまま、重点的に入り口の傍の突起を攻め立てる。

「んんっ……！　やっ――」

「声、大きいよ。もっと堪《こら》えて」

「そんっ――んーっ……」

無茶言わないで欲しい。そんなところばかりいじられたら、声なんて我慢できなくなるに決まってるのに。

私は手の甲を唇に押しつけながら、襲いかかる快感の波にさらわれないよう必死に耐えた。声を我慢すると、お腹の辺りに力が入って、筋肉痛みたいになる。きっと明日は痛むのだろうなと思っていたら、下肢への刺激が一瞬やんだ。

ホッとして腹部の力を緩めたとき——

「ああぁっ……！」

私が気を抜くのを待っていたかのように、レイくんの舌が再び陰核を刺激した。たまに入り口まで舌を伸ばしたり、内腿《うちもも》のあたりを舐めたりしながら、単調にならないように調子を付けて愛撫をしてくる。

「有紗、声出てる」

「っ、れ、レイくんの、せいっ……！」

彼がわざとそうやっているのは知っている。鋭い快楽の前では恨み事を吐きだす声も掠《かす》れてしまい、はっきりとは聞き取ってもらえないだろう。

「……もう、イきそう？」

八十パーセント以上確信を持った問い掛けに、首を振りおろすように頷《うなず》いた。更に展開が進めばもっと大きな声を出してしまうかもしれない。そうなる前に、このまま、静かに達してしまいたい。

下肢から顔を上げ、口元を拭う彼を、私はねだるような目で見つめた。

「どうした？」

「……お、お願いっ……もうっ……」

「お願いがあるなら、ほら――わかるように伝えないと」

何を欲しているかなんて、伝えなくてもわかるだろうに、彼はいつもこうやって、私が恥ずかしくなるようなことをさせたがる。私は泣きそうになりながら手の甲を退《ど》けて言った。

「……ら……く、に」

「うん？」

「お願いっ……楽に、してっ……イかせてっ……」

私が言葉にして求めると、レイくんは満足そうな顔で小さく頷く。

よかった。もう少し、もう少しで楽になれる――目を閉じてそう安心していた私だけど、下肢に熱い感覚を覚えて再び瞳を開けた。

てっきり、下肢への愛撫で高みまで導いてくれると思ったのに、レイくんがたかぶった自身を取りだして、私の入口を上から下へ、下から上へ、往復するように擦《こす》りつけている。

「一緒にイこうか、有紗」

「――ぁ!!」

圧倒的な質量が、身体の中に入ってくる。私は、再び声をもらさないように手の甲で口を塞《ふさ》いだ。

「んっ、んっ——ぁ、はあっ……！」

でも、さっきまで施《ほどこ》されていた愛撫とは衝撃が違う。彼が腰を突き進めるたび、身体の奥深くを穿《うが》つたびに、身体が大きく揺れ、脳天に強い刺激が駆け上がる。

——何これ。いつもと違う。

原因はすぐにわかった。いつも必ず使用する避妊具を、今日は着けていないからだ。

「もう結婚するんだし、有紗も構わないでしょ？」

「んっ……はぁっ、んんっ……」

私は頷《うなず》いたつもりだけど、レイくんにきちんと届いたかどうかはわからない。

突き入れに合わせてもれる呼吸は、自分でコントロールできない。気が付いたら唇から零《こぼ》れている。

ダメなのに。外に聞こえちゃいけないのに。そう思えば思うほど、余計に音が零れてしまうような気さえする。

「今、友也が扉開けたりしたらびっくりするだろうな」

「やあっ……」

友也の部屋はこのとなりだ。その可能性はゼロじゃない。というか、すでにこの部屋の音がもれ聞こえてしまっていることも有り得る。もしそうなら、もう友也とは顔を合わせられない。

「有紗、今何考えたの？　……俺のこと、すごい締め付けてた」

「そんなことっ……！」

指摘されて、身体全体が燃え上がりそうなくらい熱くなった。必死になってかぶりを振る。

「嘘つかなくたっていいよ。こうやって有紗の恥ずかしい部分に俺が出たり入ったりしてるところ、見られるかもって思ったんでしょ？」

「っ……！」

恥ずかしくて顔を見られないけど、間違いなくレイくんは面白がってる。声の感じがそうだったからわかる。

「気を散らすくらい物足りないなら、もう少し激しくするよ」

レイくんが膣内《ちつない》を穿《うが》つ速度を速めた。突き入れられたり、出されたりする間隔が狭まり、その分身体を駆け上がる快感の間隔も狭くなる。

どうしよう、気持ちいい。こんな状況なのに、私の身体はどうしようもないほど感じてしまっていた。レイくんが自身を突き立て膣内を抉《えぐ》るたびに、我慢していたはずの声が抑えきれずに室内に反響する。

「も、だめっ――レイく……、私っ……！」

もう絶頂がそこまで迫っている。私はすでに口を塞《ふさ》ぐ役割を成さなくなった手を、レイくんに向けて伸ばす。彼はその手を取って、きつく握りしめてくれた。

「うん——有紗……イくよ——」

「っ……んんんんっ！」

レイくんが一際強く腰を押し付けたあと、下肢から引き抜くと、目が眩むような強烈な感覚に支配される。そのあと、お腹に温かな迸《ほとばし》りを受けた。汗と熱気をまとった彼の身体が、私の上に倒れこんでくる。

「……有紗、好きだよ」

「レイくん、私も……」

私はレイくんと触れるだけの口付けを交わし、今までにない幸福感に満たされたのだった。

◆　◇　◆

翌日、昼過ぎに両親と友也に挨拶《あいさつ》をして家を出ると、タクシーで駅まで向かい、新幹線のチケットを購入した。

「ねえ、レイくん、友也たちにバレなかったかな？」

「え？」

「その……昨日の」

昨夜は思い出すのも恐ろしくなるくらい、かなり大胆なことをしてしまった気がする。憂鬱《ゆううつ》な気分になりながら訊《たず》ねてみると、彼はおかしそうに笑っていた。

「何がおかしいの？」

「いや、昨日は叔父さんも友也も酔いつぶれてたからさ。叔母さんもすぐ休んだみたいだし、きっと大丈夫だと思うよ」

「なっ……！」

レイくんてば、それを知ってたくせにあんな風に私をあおったんだ。なんて意地の悪い！

新幹線の時間までかなり余裕があるので、駅の傍のショッピングモールでも見て行こうという話になった。ショッピングモールといっても都会のそれとは比べ物にならないけれど。

「有紗はここよく来たの？」

「うん。人と集まったり、デートしたりするときってみんなここを使いたがるんだよねー」

言いながら、直行のことを思い出していた。

クリスマスイブの日、私が振られたのはまさしくこのショッピングモールのイルミネーションの前だった。

「お腹空いたね。何か食べようか？」

切ない記憶を振り払いながら、あえて明るく問いかけた。

ショッピングモールの入り口には、ケーキ屋さんがある。お茶でもしてからブラブラしよう――と思い、足を向けたところで、「あっ」と息を呑む。

そのケーキ屋から、見覚えのある人影が二つ、外に出てきたのだ。

見間違えるわけない。澪ちゃんと――元彼の、直行。

もう二度と会いたくないと思っていた彼らが、私のわずか数メートル先で身体を寄せ合っている。

「有紗？」

レイくんが私の名を呼んだタイミングがよかったのか悪かったのか。二人が一斉にこちらを見た。

「……有紗」

去年のクリスマスイブ、ここで謝ったのと同じ声で私を呼んだのは直行だ。となりの澪ちゃんは強張《こわば》った表情で私を見つめているだけ。

私は、二人に何の言葉も掛けられなかった。掛けるべき言葉も、掛けたい言葉もなかった。

ただ、どちら側もどうしていいのかわからずに、立ちつくすだけの状況が続く。

ひとり、事情を知らないレイくんが私に歩み寄り、小声で訊《たず》ねる。

「……あの人たちは誰？」

「私の、前の――」

それ以上は音に出来なかった。でも、それだけでレイくんは察してくれたらしい。

彼は「ああ」と頷《うなず》きながら、直行と澪ちゃんのほうへと歩いていく。たった数メートル先だけれど、彼が歩いている時間は果てしなく長く感じた。

「はじめまして」

レイくんが直行へ、にこやかに話しかける。直行のほうは「どうも」とか「はい」とか、そういう感じでそれを受けていた。

直行と接触を図ったりして、レイくんは何をする気なのだろう。ハラハラしながら彼を見守る。

「俺、有紗さんの婚約者の神村です。もしあなたにお会いすることがあったら、お渡ししたいと思っていたものがありました」

直行は二つの意味で驚いているらしかった。レイくんが私の婚約者であるということと、初対面のレイくんが渡したいものがあると言ったことに。

笑顔を保ったままのレイくんは、スーツに合わせて肩にかけていたビジネスバッグから、白い色の何かを取りだした。手のひらに収まるくらいの立方体。何だか見覚えがある。

——まさか……でも何であれをレイくんが？　そう思ったのと同時、レイくんが続けた。

「有紗のことは、俺が幸せにします。だからこれは返します——行こう、有紗」

「レイくん……」

レイくんは強引に直行の手に箱を押しつけ、踵《きびす》を返して私のほうに戻ってきた。そして、向かうはずだったケーキ屋ではなく、ショッピングモールの奥へと進んで行った。

「レイくん、あれ……どうしてレイくんが持ってたの？」

早歩きになるレイくんに小走りでついて行きながら訊ねる。

「前に有紗が隠したところを見たから。……悪いなと思いつつ、つい開けて中身を確かめたんだ。まさか婚約指輪だったとは思わなかったけど」

「……ご、ごめん。嫌だったよね、別れた人との婚約指輪をとっておいてるなんて」

私がうつむきながら言うと、レイくんは立ち止まって「いや」と答える。

「むしろ、謝るのは俺のほうだ。我慢できずに勝手に見て悪かったよ」

「ううん……でも、何であんなの持ってきてたの？」

彼がしょげたような顔をしているのは珍しい。疑問に思って訊ねると、レイくんは大きくため息をついた。

「……本当は、プロポーズする前に、有紗が何で未だにこれを持っているのか、訊《き》くつもりだったんだ。でも、昨日はなかなかタイミングがなくて、そのままになってたわけ。まさか有紗を振った男に直接会えるなんて思わなかったけど、いざ目の前に現れたら腹が立ってさ。突き返したくなったっていうか」

本当は指輪を持っていた真意を問いたかったのに、感情に任せて突き返してしまった。どうやら、レイくんはそれを反省しているらしかった。だからこんな頼りない表情を浮かべているのだ。

「で、未練があるわけじゃないんだよな？」

「みっ、未練なんてもうないよ」

「じゃあ、何で持ってるんだよ。普通、捨てたくなるだろ、昔の男からもらったものなんて」

「捨てようと思ったよ。でも、何となくできなかったの」

「何となくって何だよ。……最近、様子が変だったのも、それが原因なんじゃないのか？」

「ええ？　ちょっと待ってよ」

問い詰めてくるレイくん。何かとんでもない誤解をしているんじゃないだろうか。

「未練はないけど、昔の楽しい思い出も、一応はあるじゃない。だから、捨てづらいなって思っちゃって。本当にそれだけだよ」

慌てて深い意味はないことを告げると、彼はやっと納得した様子を見せた。

レイくんたら、どうしてむきになってそんなこと——

「もしかして結婚の決心をしてくれた本当の理由って、この指輪を見て……？」

根拠があったわけじゃないけど、ふとそう思ったので訊ねてみる。すると、レイくんがきまり悪そうに頭をかいてからこくんと頷《うなず》く。

未練があるかなんて気にしてたってことは……ヤキモチを焼いてくれていたってこと、だよね。

思いがけず彼の思考が垣間みられて嬉しくなる。私は小さく微笑《わら》った。

『怖いと思ってるのは有紗ちゃんじゃなくてむしろレイジロのほうかもしれないってことだよ』

『信じてやりなよ。レイジロのこと』

三日前のリョウくんの言葉がよみがえる。

そうみたい。レイくんも私と同じように、相手の心変わりが怖いあまり、相手のことを信じ切れてなかったみたいだ。

「ありがとう、レイくん。もう彼――直行のことは、何とも思ってないよ」

「……ならいいんだけど」

露骨にホッとした顔をされると余計に嬉しくなってしまう。普段、あまり感情の動きが見えない彼だからこそ、格別に。

「でもさ、指輪が関係ないんだとしたら、何でこのごろずっとボンヤリしてたわけ？」

今度は私が本音を告げる番だ。私は小さく息を吸い込んだ。

「私もね、実は他の女の子とレイくんの仲を心配して、一人でハラハラしてた」

「他の女？」

心当たりがないとばかりに怪訝《けげん》そうな顔をするレイくん。私は「うん」と頷く。

「レイくん、家に居るときによく南波さんの話するじゃない？　しかも、楽しそうに。仕事とはいえ二人で行動することも多いみたいだし、南波さんもレイくんに気がありそうだから、とられちゃうんじゃないかって心配してたの」

「まさか」

驚いたようにレイくんが首を横に振る。

「……南波のことはそういう目で見てないよ。指導員を任されてるから、しっかり教えなきゃと思ってるし、それに応えてくれるだけの能力があるヤツだから感心はしてるけど」

私の話を聞いて、レイくんはかなり面食らっているようだ。私が二人の仲を疑っていたなんて思いもよらなかったのだろう。

「私ね、直行に振られてから恋愛に自信がなくなっちゃってたみたい。せっかくレイくんと想いが通じ合えたのに、また突然別れを切り出されるんじゃないかって勝手に怯えてたの。……でも、今回プロポーズしてもらえて、すごく安心できたんだ。本当にありがとう、レイくん」

　思っていたことを素直に伝えることができ、わだかまりがとけていく。レイくんの気持ちを改めて確認することができた上、その先の未来のことまで考えてくれていたことが、堪らなく嬉しかった。

「気付かなくてごめんな」

「ううん、私も指輪のことを気にしてるなんて気付かなかったから。それに、思いがけず本人に突き返してくれて、何だかスッキリしちゃった」

　さっきの光景を思い出して小さく笑う。

　失恋直後はショックが大きすぎてひたすら涙するだけだったけれど、レイくんに指輪を突き返されて唖然《あぜん》とする直行の様子を思い出したら、ちょっとだけ胸がスッとした。

「――あ、でも、どうせならお金に換えて二人で美味《おい》しいご飯を食べに行くっていうのもアリだったよね」

「その手があったか。……あとは、ドラマみたいに川とか海に投げてみる、とかな」

　私たちは冗談を言い合いながら手をつないで、また歩き出す。

　もう大丈夫だと思った。リョウくんやシンくん、メグちゃん、会社の仲間。東京で出会った様々な人の顔が浮かぶ。

　そして、となりにいる彼――レイくん。彼がいる限り、私が歩む日々はいつも鮮やかで煌《きら》めいたものになるだろう。過去の輝きなんて必要ないくらいに。

「今度、二人で選びに行こう。新しいの」

「……うん！」

私が彼を信じている限り。彼が私を信じている限り。この幸せはきっと続いていく。

つないだ手のひらから伝わる温もりを感じながら、私はそう確信した。

いつでも恋はやめられない

書き下ろし番外編

「いっただっきまーす」

とある日曜日の朝。

私は弾む声でそう言うと、両手を合わせて箸を取る。

「有紗っち、今日はめちゃくちゃ機嫌よさそうだけど、どしたの？」

向かい側のシンくんがきょとんとした表情で私を見つめて言うと、

「今日は楽しい楽しい一大イベントが待ってるんだと」

そのとなりで、まずはミルクに口を付けたリョウくんが、ちょっとつまらなそうに嘆息する。

「な、レイジロ。そうなんだろ？」

「まあな」

わたしの真横に座るレイくんは、涼しい顔で答えながら、湯気の立つお味噌汁のお椀を持ち上げた。

いつもの通り、四人揃っての朝食。いや、時間的にはブランチか。

今日の食事当番は私。献立は、白いご飯に納豆、たまごやき、大根ときゅうりの浅漬けにお味噌汁。いわゆる、古き良き日本の朝ごはん、といった風。

季節は秋。残暑も過ぎ去り、シェアハウス生活を始めてから半年が経った。私たちは変わらず、四人で力を合わせて暮らしている。

……あ、二ヶ月前とはふたつほど変わったことがあったんだった。

ひとつは、リョウくんやシンくんからの猛アタックが嘘のようになくなったこと。

八月、お盆の時期にそれぞれとデートをしたけれど、もちろん私の気持ちは動くことなく――約束通り、彼らは私を『スッパリ諦める！』と、今はただの同居人として接してくれている。

最初のうちは、二人の気持ちを知っているだけに、申し訳なさからシェアハウスを出ていくべきなんじゃないかと思っていたけれど……結局、当の本人たちの説得により思い留まった。

リョウくんからは『もともとレイジロと有紗ちゃんがくっつくだろうことは予想してたし、僕たちは完全な横恋慕だったわけだから、気にしないでほしい』と。

シンくんからは『有紗っちと両想いになれないのは悲しいけど、家を出ていかれるのはもっともっと悲しいから、結婚するまでは出ていかないで！』と、ありがたい言葉をもらったのだ。

――そう。変わったことのふたつめというのが、私とレイくんが婚約したということだ。私の実家へはお盆のときに報告済みだし、レイくんの実家へも先日ご挨拶に行くことができた。

従姉弟《いとこ》同士の結婚ということで、もしかしたら反対されるんじゃないか……なんて思いも少なからず過《よぎ》ったのだけど、それは杞憂だった。

由香利おばさん――レイくんのお母さんは、私とレイくんのことをすごく喜んでくれて、『有紗ちゃんが私たちの娘になってくれるなんて本当に嬉しいわ』と言ってくれたのでホッとした。

半年前の生活が嘘のように、今、全てが上手く回っている。

仕事は順調だし、四人での生活は賑やかで楽しいし、大好きなレイくんとも大きな喧嘩などなく仲良く過ごせている。

幸せすぎてバチが当たるんじゃないか――なんて怖くなるときも、まだある。

夏にあれこれひとりで思い悩み、この幸せがいきなり壊れてしまう日が来るんじゃないか……なんて怯えていたあのときの気持ちがよみがえってしまうのだ。

でもそのたび、私はレイくんの言葉を思い出す。

『有紗のことは、俺が幸せにします』

……実家近くのショッピングモールで、元彼の直行と鉢合わせてしまったとき。レイくんは彼にハッキリとそう告げてくれた。

そして、長いこと手放せずにいた婚約指輪を、直行に突き返してくれたのだ。

「ねーリョウくん、楽しい一大イベントって何なのー？」

たまごやきを頬張りながら、シンくんがじれったそうに訊《たず》ねる。

リョウくんはまだ食事に手を付けず、ミルクのグラスを持ったまま言った。

「婚約指輪を買いに行くんだと」

「マジでー？　何それすっごい楽しそー。いいなーいいなー！」

「えへへ、レイくんの実家へのご挨拶も済んだし、そろそろ行こうかってことになって……」

あのとき、レイくんは最後に『今度新しいの買いに行こう』と約束してくれた。今日はその約束を果たしてくれる日なのだ。

だから私も、朝から顔がにやけてしまうのを我慢できない。待ちに待った婚約指輪を選びに行く日なんだから。

言うまでもなく、私は指輪が欲しくてこんなにウキウキしているわけじゃない。

レイくんが、私を一生の伴侶にしてくれるというその証が手に入る——というのが、たまらなく嬉しいのだ。

レイくんが、私を『幸せにする』と誓ってくれた言葉を疑うわけじゃない。でも、物質的にそういった証が傍にあれば、言葉という形のないものを支えにする以上に心強く思うことができる。

……いつも自分の傍で輝いてくれるそれがあれば、もう変に気持ちが揺らいだりしないだろう――と。

「幸せそうな顔しちゃってー。オレもついて行っちゃおうかなー」

「シン、野暮なことするなって」

「別に邪魔しよーってワケじゃないよー。ほら、同居人としては、ちゃんとした指輪を選んでほしいなーって思うじゃん。リョウくんだって、ふたりに指輪選びは失敗してほしくないでしょー?」

リョウくんに窘《たしな》められて、シンくんが反論する。リョウくんはやれやれと肩を竦《すく》めてから、グラスを置いてシンくんの背中をぽんと叩いた。

「どんな理由付けたって、僕たちの出る幕はないんだ。いつも家の中じゃ僕たちがいることだし、今日は二人きりにさせてやれ」

「ちぇっ、つまんないの」

子供みたいにふて腐れた表情を浮かべたものの、シンくんはすぐにニコっと笑顔になった。そして、

「――でもそれもそうだね。指輪、どんなの選んだのかあとで聞かせてねー！」

と、快《こころよ》く送り出そうとしてくれる。

「うん、もちろん。ありがとね、二人とも」

「いーえ」

リョウくん、そしてシンくんがにこやかに頷《うなず》く。

「……有紗、食べたらすぐ出かけよう」

「わかった」

私はレイくんに促されて早めに朝食を平らげると、家で留守番をするというふたりにお土産《みやげ》を買ってくることを約束し、出かけた。

駅ビルの中に入っているジュエリーショップに着くと、店内は四組のカップルが品物を見ているところだった。

「さすが日曜。そこそこ混んでるな」

「うん」

レイくんに言われて頷く。

もともとアクセサリーに疎《うと》い私は、「ドコソコのお店で買いたい！」というような希望が一切なかった。だから、テレビＣＭでもよく見かける有名ブランドであるこのお店を選んだのだけど――うん、やっぱり知名度もあって人気なんだろう。

私たちは手近なショーケースから順に見て回ることにした。

「わあ、綺麗」

普段、こういった店に来ないせいか、目に映る全ての商品が眩《まばゆ》く、美しく見える。

「有紗、エンゲージリングはこっちだよ」

「……あ、ごめん」

キラキラした宝石がいくつも嵌《は》まった指輪やネックレス、ブレスレットなどを見ているうちに、つい当初の目的を忘れそうになってしまった。

レイくんが示す右手側のショーケースに移動して、そこに並べられているエンゲージリングをひとつひとつ吟味する。

「当たり前だけど、色んなデザインがあるんだね」

シンプルで正統派な立て爪のものから、リングの部分にまでびっしりダイヤが埋め込まれているもの、ダイヤの数は少ないが繊細な細工が美しいものなど様々だ。

「――あ」

「……どうした？」

「ううん」

レイくんに訊《たず》ねられたけれど、私は首を横に振った。

かつて私のものだった指輪に、とてもよく似ているものがあった。ダイヤの横に、小ぶりのピンクダイヤが添えられているその指輪を眺めては、涙にくれていた時期を思い出す。

……もう、傷は癒《い》えていた。

それを見たら、再びやるせない気持ちがこみ上げてくるかもしれない――と思ったけれど、そんな心配は全く必要なかったようだ。

直行との思い出が頭を過《よぎ》らなかったと言えば嘘になるけれど、それは別れ際の悲しい思い出じゃない。

まだふたりが本当の意味で恋人同士だったころの、楽しくて温かな記憶。

もう、こんな形で直行のことを思い出せる日は永遠にやってこないだろうと考えていたのに――

「何か気に入ったの、あった？」

私はそう言って微笑みかけてくれるレイくんの顔を、まじまじと見つめた。

全部、レイくんのおかげだ。

私がこうして東京で幸せに暮らせているのも、直行との辛い思い出をふっきることができたのも、再び頑張ってみようと思い直すことができたのも――……

レイくんが、私を愛してくれたからだ。

「……私、レイくんに選んでほしい」

私は一度ショーケースに視線をやってから、再び彼の目を見て言った。

「俺？」

予想外、という反応でレイくんが首を傾げる。私は頷《うなず》いて続けた。

「レイくんが選んでくれた指輪なら、一生大事にできそうな気がする」

「でも、こういうのって女の人が選びたいもんなんじゃないの？　……俺が選んで、本当にいいのか、有紗？」

「うん」

私は躊躇《ちゅうちょ》なく頷いた。

レイくんが私のために選んでくれたものならば、どんなデザインの指輪でも愛せそうな気がした。

ううん。もっと言えば。

エンゲージリングがどんな指輪か――なんていうことは二の次で。レイくんからもらえる初めてのプレゼント、それ自体が嬉しくて愛おしくてたまらないのだ。

「……あんまりこういうの、何がいいかわからないけど……」

私の申し出に困惑を隠しきれなかったレイくんだけど、最終的には曲線を描いたリングに、控えめな一粒ダイヤが嵌《は》まったものを選んで、「これでいい？」と訊《たず》ねた。

「うん。レイくんが選んでくれたものだったら、それがいい」

「じゃあ、これにするからな」

店員さんにお願いすると、すぐに手続きに入ってくれる。

エンゲージリングは、一生私を愛してくれるという誓いの証。

レイくん自らが選んだその指輪が、もうじき私の指に嵌められる。

——もう、大丈夫。彼の気が変わるかも……なんて怯えながら日々を過ごしたりなんてせずに、これから始まる二人だけの時間を、自信を持って歩んでいくことができる。

私はそう確信しながら、薬指に煌《きら》めくダイヤを見つめて微笑んだ。

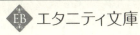

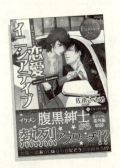

恋愛小説「エタニティブックス」の人気作を漫画化!

Eternity COMICS
エタニティコミックス

プラトニックは今夜でおしまい。

シュガー＊ホリック

漫画：あづみ悠羽　原作：斉河燈

10年待ったんだ

もういいだろう?

B6判　定価640円＋税
ISBN 978-4-434-19917-2

ちょっと強引、かなり溺愛。

ハッピーエンドがとまらない。

漫画：繭果あこ　原作：七福さゆり

この独占欲は、

お前限定。

B6判　定価640円＋税
ISBN 978-4-434-20071-7

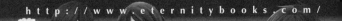

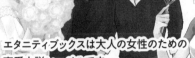

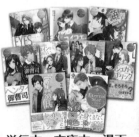

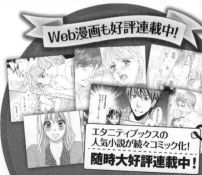

本書は、2013年7月当社より単行本として刊行されたものに書き下ろしを加えて文庫化したものです。

エタニティ文庫

それでも恋《こい》はやめられない

小日向江麻《こひなたえま》

2015年2月15日初版発行

文庫編集ー橋本奈美子・羽藤瞳
編集長ー塙綾子
発行者ー梶本雄介
発行所ー株式会社アルファポリス
〒150-6005 東京都渋谷区恵比寿4-20-3 恵比寿ガーデンプレイスタワー5階
TEL 03-6277-1601（営業） 03-6277-1602（編集）
URL http://www.alphapolis.co.jp/
発売元ー株式会社星雲社
〒112-0012東京都文京区大塚3-21-10
TEL 03-3947-1021
装丁イラストー相葉キョウコ
装丁デザインーMiKEtto
（レーベルフォーマットデザインーansyyqdesign）
印刷ー株式会社暁印刷

価格はカバーに表示されてあります。
落丁乱丁の場合はアルファポリスまでご連絡ください。
送料は小社負担でお取り替えします。

ISBN978-4-434-20200-1 C0193